恋人以上のことを、彼女じゃない君と。
-2-
JN019251
Koibito ijo no kotowo, kanojo janai kimi to.
Presented by
持崎湯葉
Illustration
どうしま

sauna
—第七話—
サウナ
Sauna

「つァ～……」

— 第四話 —

雨

Ame

「どうした、気分でも悪い——んんっ!?」
そのキスは、これまでの戯れるようなキスとは異なる。
騙し討ちとは言い難い、真正面からのキス
長く、脳がとろけるよう。
身体を擦り付けるように思いきり抱きつかれ、
こちらもつられて強く抱きしめる。
目と鼻の先、襖の隙間からは旧友たちの賑やかな声が聞こえる。
そんな場所で山瀬冬と皆瀬糸という
元恋人同士は、けして見られてはいけないキスをした。

——第九話——

同窓会

Dousokai

Contents

Koibito ijo no kotowo, kanojo janai kimi to.

Design/ Yuko Mucadeya+Nao Fukushima[musicagographics]

恋人以上のことを、彼女じゃない君と。2

Character

山瀬冬 Fuyu Yamase

ブラックなゲーム会社で
働いている。
元恋人である糸と、
不思議な関係を結んでいる。

皆瀬糸 Ito Minase

冬の元カノ。職場環境に
悩んでいたが転職し、
現在は編集プロダクションに
勤めている。

第一話　キス

やりたくないことはしないで、好きなものに囲まれて生活したい。

こう言うとワガママだとか、大人になれと呆《あき》れる人がいる。

でもそこで呆れられる人というのはおそらく、意識しなくてもいいくらい常に、誰かに心を支えられてきた人なのだと思う。

例えば、家族とか。

だってそうじゃなければ、この醜《みにく》くて残酷な世界で、生きていけるわけがない。

家族に夢を見ていない僕らみたいな人間は、嫌いなものからできるだけ距離を取り、好きなものを手繰り寄せて生きていくしかない。

そうでなければ、心を保てないから。

でもきっと、家族じゃなくても、自分を守ってくれる安寧な何かが心にあったなら。

好きなものばかりじゃなくても、騙《だま》し騙し生きていけるのかもしれない。

＊＊＊

「ええ……？」

土曜日の昼下がり。新宿《しんじゅく》駅の改札に現れた糸《いと》。

久々に見た糸の顔は、見るも明らかな仏頂面だった。

眉《まゆ》は吊《つ》り上がり、頰《ほお》は膨らみ、口はへの字、挨拶《あいさつ》がてらの軽い肩パン。

不機嫌を絵に描いたような様相で、今にも悪態をつきそうである。

「クソがよぉ……」

ついた。思ったそばからついた。

久方ぶりの糸の肉声は、「クソがよぉ……」だった。


僕、山瀬冬《やませふゆ》が大学時代の元カノである皆瀬《みなせ》糸と再び会うようになったのは、五か月前。

お互い二十四歳。正真正銘の大人になってからの再会とあって、僕らはこの五か月で様々な経験をした。それでもなお僕らは、この関係を継続している。

その中で巻き起こったあれやこれやが影響してか、この十月から糸は勤めていた建築コンサル会社を辞めて、編集プロダクションへと転職した。

その転職活動による忙しさから、僕と糸は実に三週間ほど会っていなかったのだ。

通話やチャットなどで連絡は取っていたが、それまでは週一ペースで顔を合わせていた相手なので、寂しさを感じないわけがなかった。

そんな中の、糸《いと》からのお誘い。「昼から飲みてぇ」との要望を受けて、僕は恥ずかしげもなくウキウキとしながら新宿《しんじゅく》駅までやってきた。

そこで遭遇したのが、このご機嫌斜めな女性編集ライター（二十四歳）なのであった。

「………………」

一軒目の焼き鳥屋に入ってからも糸はプンスコとパチキレていた。プンスコしながらビールと焼き鳥盛り合わせとキュウリの梅肉和《あ》えを注文していた。あと単品で砂肝も頼んでいた。

僕はその間、糸がパチキレている原因について考えた。

転職したばかりの会社で嫌なことでもあったのか。あるいは険悪な関係の父親とまた諍《いさか》いが発生したのか。もしくは僕が何かしら機嫌を損ねる行動をしてしまったのか。

糸はプンスコ、僕は悶々《もんもん》としている中、恵みの水つまりはビールがテーブルに舞い降りた。

とりあえずの乾杯をすると、糸はジョッキの半分までガブ飲み。

ついに、不機嫌の原因が明かされた。

「バカップルにマウント取られた……」

「え？」

「クソがよぉ……」

「ええ……？」

糸は、バカップルが嫌いだ。

　ことの発端はほんの数十分前。糸が新宿駅に向かう電車でのこと。

　途中の駅で乗ってきた若いカップルが、糸の前に立つやいなやイチャつき始めたらしい。

「明らかに私に向けてやってんすわ……あのクソ恵比寿《えびす》カップルがよぉ……」

「恵比寿への風評被害……二駅分のイチャつきくらい、許してやれよ」

「四駅分なんすわーっ！　埼京線《さいきょう》じゃなくて山手線《やまのて》なんすわーっ！」

　ともかく糸にとって本日の山手線外回り恵比寿新宿間は、地獄のような時間だったようだ。

「電車の中なのにデカい声でキャッキャ騒いで、あげくチュッチュまでしてたからね」

「うわぁ……それはバカップルの中でも特にキツいな……」

「昨日童貞と処女卒業したんかってレベルのイチャつきだったね。目の前で舌噛《か》んで血ヘドを吐いてやろうかと思ったわ」

　バカップルにも種類がある。どう転んでもバカなのは名前の通りだけど。

　周りを気にせず無自覚にイチャつくタイプや、周囲からの嫉妬《しっと》を欲してイチャつくタイプ。

　悪意がない分、前者の方が可愛《かわい》く思える。

　糸が遭遇したのは、タチの悪い後者のようだ。

「乗ってきた時はどっちも全然テンション低かったのに、ひとりで座ってる私を見つけた途端見せつけるみたいにハシャぎ始めてさー。羨《うらや》ましくないっつーの」

「そういう人って、なんというか……何かしらのコンプレックスを抱えてそうだよな」

「モテなかったんだろうね」

ボカしてきたのに稲妻のようなリターンエースが飛んできた。

「まぁここで羨《うらや》ましくない羨ましくない言ってたら、負け惜しみだと思われるんだろうけど」

「いやいや、そんなこと思わんよ。羨ましいんじゃなくて、承認欲求の種として消費されたくないんだろ糸《いと》は」

「あーもう完全にそれー。流石《さすが》は冬《ふゆ》くん、ほんと分かってるーカンパーイ」

流れるように乾杯を強要され、ジョッキを突き合わせる。糸は十二時の方角までジョッキを傾けて最後の一滴まで飲み干すと、恵比寿《えびす》様にも負けない恵比寿顔を浮かべた。ようやくクソ恵比寿カップルの呪縛《じゅばく》から解かれたようだ。

「でも実際のところ、ああいうバカップルに遭遇したらどう対応するのが正解なのかなぁ」

「そりゃ徹底的に無視、というか存在にすら気づいていないフリが一番だよ。バカップルを見かけたら即スマホに目線を落としたらいい」

「えー、でもそれ、道で出くわしたら歩きスマホになるじゃん」

「自分を守るための行動だから良し。正しさだけじゃ心は救われないんだ」

「カッケェ！　流石バカップル撲滅委員会の副会長！」

「誰が副会長だ」

「現在トップツーで会食してまーす。風通しの良い委員会でーす」

「おまえが会長なんかい」

自撮りして喜ぶ糸を前に、自然と笑みがこぼれる。

いつも通りのアホなやりとりが展開されたところで、僕は密《ひそ》かに安堵《あんど》した。

会っていなかった三週間だけでなく、ここ一～二か月で糸を取り巻く環境は大きく変わった。転職が一番の変化だろうが、それだけではないのだ。

それにより、糸の心も移ろってしまうのではないかと、一抹の不安を抱いていた。

だが久々に会った糸は、イントロこそバカップル事件の煽《あお》りを受けて不穏になったが、アルコールが入ってバカップルの悪口を言い始めればもう普段通りだ。糸の「アーーっ！」という引き笑いが聞こえると、僕の不安は跡形もなく消え去っていた。

「しかし電車内でキスはヤバいな。ちょっと理解できない感覚だわ」

「しかも土曜日の山手線《やまのて》だから、そこそこ混んでたしね。他の乗客も引いてたよ」

「そりゃ引くよ。だってキスっていわば、最もソフトな性行為じゃん」

「良いねー、今日の冬くんは名言製造機ですねぇ」

ぼんじりをかじり、二杯目のビールを喉《のど》に流し込んで、糸はご満悦な表情。お眼鏡に適《かな》ったコメントができたようだ。

そこでふと、僕は違和感を覚えた。

糸がもう、若干酔っている。目がトロンとしていた。

糸《いと》はそれほど強くないが、ビール一杯で酔うほど弱くもない。にもかかわらず現在、二杯目の序盤でちょっとキていた。

そういえば転職活動中は、お酒を飲む余裕がないと嘆いていた。入社してからも何かと忙しかったようなので、飲むのは久々なのかもしれない。

ちょっとペースを抑えさせるべきかと、迷っていた時だ。強い視線を感じた。

「……んふふー」

糸は両頬《りょうほお》に手を添えながら、僕の顔をじっと見つめてニコニコと微笑《ほほえ》んでいる。

「何、どうした？」

「ん〜ん、なんでも内出血〜」

まぁいつも通りか。酔ってゴキゲンになっているのだろう。良いことだ。

「あ、ねぇねぇ冬《ふゆ》くん。これってどんな料理なのかな？」

糸は自分の顔の前にメニュー表を掲げ、一点を指差した。文字が小さく読めないため、僕はグッと身を乗り出して顔を近づける。

すると次の瞬間。

「!?」

メニュー表が目の前から消え去り、糸にキスをされた。

一秒にも満たない、本当に触れただけのようなキス。だがそのあまりに予想外の出来事に、僕は完全に固まってしまった。糸は口元を押さえ、クスクスと笑っている。

我に返ると僕はまず周囲を確認。まだ日中で客が少なく、奥まったテーブル席だったおかげか店内の誰も気づいていない。

「しちゃったね」

糸を見る。これまでに何度か見たことのある、良くない笑顔を浮かべていた。

「最もソフトな性行為」

「……おまえなぁ」

「あ、フェアリーテイルって言った方がいい？」

「そういう問題でなく」

糸による、悪質なタイプの悪戯《いたずら》である。

「あれだけバカップルを嫌っておいて、これはいいのかよ……」

「えークソ恵比寿《えびす》カップルとは違うじゃーん。だって誰にも見つかってないし。世界中で私と冬くんしか知らないキスだよ？」

「だからって、おまえ……」

「興奮しない？　隠れてやる、最もソフトなフェアリーテイル」

「……ちょっとな」

「ア――――っ！」

艶《なま》めかしく微笑《ほほえ》んでいたかと思いきや、本気の引き笑い。これで判明した。糸《いと》は発情しているのではなく、ただただ愉《たの》しんでいたのだ。僕の反応と、刺激的なシチュエーションを。

僕と糸は再会してからのこの五か月、様々な特殊シチュを体験してきた。

楽しかった運動会、ふたりで行ったラブホテル、ホガホガとした合コン事件、シンプルにエロかったカラオケ事件、いろいろ目覚めかけた母前プレイ。

どれもが鮮烈な思い出として、ピンク色に彩られている。

そしてそのすべてはこの皆瀬《みなせ》糸という演出家によってもたらされた。糸は僕が想像していた以上に倒錯していたのだ。僕はといえば翻弄《ほんろう》されっぱなしだった。

「――そうだ、いいこと思いついた」

そして今、稀代《きだい》の演出家はまたも新たな扉を開こうとしていた。


「ごちそうさまでしたー」

こう言って焼き鳥屋さんを出ると、糸も「でしたー」と復唱。

秋らしい夕焼け空が見下ろす五時過ぎの新宿《しんじゅく》三丁目は、にわかに人が増え始めている。

「暑いのか寒いのかハッキリしない近頃だから、街ゆく人の服に統一感がありませんな」

「ああ、確かに。半袖《はんそで》の人もジャケットの人もいるな」

「へへ、なんか面白い。へへ」

ビール二杯で我慢させたが、やはりいつもよりもアルコールの回りが早いのか、糸は白い肌をほんのり紅潮させながら僕の左隣をひょこひょこと歩いていた。

「どうする？　また別の店に入る？」

「んー、二軒目の前にちょっと歩きたいかも。食べ過ぎちゃった」

「そっか。歩くと言ったら、新宿御苑《しんじゆくぎよえん》とか？」

「御苑って閉まるのめっちゃ早いイメージだけど……」

そうは言いつつすぐそこなので、ふたりでポテポテと歩いて向かう。

糸の言った通り、新宿御苑の入り口のゲートはすでに閉まっていた。同じように勘違いしたのか引き返す人もチラホラ。糸は「ほらやっぱりね」と、なぜか得意げに胸を張る。

「それじゃどうするか。髙島屋《たかしまや》でも冷やかしに……」

「あ、待って」

踵《きびす》を返そうとする僕の腕を、糸が摑《つか》む。

「せっかくだから閉まってるゲートの前で写真撮りたい。冬《ふゆ》くんのせいで無駄足を踏んだことを記録に残したい」

「もうちょっと賛同しやすい理由がほしいな」

僕のやんわり反論など聞きもせず、糸はゲートまで先導していく。

「この辺かなー。ほら撮って撮って」

誰もいない新宿御苑《しんじゅくぎょえん》のゲートを背に、糸《いと》はぴょんぴょん跳ねて催促。

仰せのままに撮ってやろうと、僕はスマホに目線を落とした。そうしてカメラのアイコンをタップした時だ。カメラの画面に突如糸の足がフレームインしてくる。

何事かと顔を上げると。

「っ！」

キスをされた。

唇と唇が触れ合うと、糸はすぐさま後退。舌なめずりをして不敵に笑う。

そして、周りを見てごらんと言うように指を回す。

周囲を見渡しても、近くにいるのは僕らに背を向けて歩く一組の男女のみ。遠く、道路の向こう側には人垣が見えるが、こちらを認識してもいない様子。

僕と糸のキスに気づいた人は、誰ひとりいないようだ。

「また五百円、ちゃりーん♪」

満足げにそう言って、糸は来た道を戻る。

「あの糸さん、写真は……？」

「いらにゃーい。ほら、行こ行こ～」

「…………」

僕はカメラ画面が映るスマホをしまい、虚《むな》しく糸についていくのだった。

一体何が起こっているのか。

きっかけは一時間ほど前の、焼き鳥屋さんでのやり取りにまで遡《さかのぼ》る。いいこと思いついたと怪しく笑った糸は、倒錯的なイベントを企画した。

公共の場で相手の隙《すき》をつき、誰にも気づかれずキスをするゲーム。

見事成功すれば、キス一回につき賞金五百円。キスされた方が支払う。

ただ運悪く他人にバレたら、罰金千円。

やっていることが糸の嫌いなバカップルと同じではないかと指摘した。だが糸は、人の目に触れていないのだからバカップルとは違うと主張。

他人に迷惑をかけているかどうか、その線引きが糸の中では最重要項目なのだそうだ。

不純かどうかなど、どうでもいい。

他人に迷惑をかけるのは嫌だけど、その紙一重のところにある最高の刺激を味わいたい。

糸という女性の本質が滲《にじ》んだ恐ろしいゲーム。

その名も――秋のフェアリートラップ・キャンペーン。

名前ダサすぎないかと言うと、目潰《めつぶ》しのモーションをかけられ目を瞑《つむ》った瞬間キスされた。

賞金五百円！

もちろん僕にも参加権はある。だが開催してから一度として、挑戦すらできていない。常に誰かしらの視線がこちらを向いているのではと意識してしまい、二の足を踏んでいた。

ちなみに糸《いと》は焼き鳥屋さんにて、すでに二回も成功している。新宿御苑《しんじゅくぎょえん》のも含めると三回。現在僕の財布から出た千五百円もの賞金が、糸の懐に収まっている。

何が悔しいって、これではまるで一回五百円でキスしてもらっているみたいではないか。

怖いのはそんな僕の葛藤《かっとう》すら、糸の中では愉悦の肥やしになるのだということ。

五百円でキスできるなんて、安いもんでしょ？

賞金を渡すたびに、そういった笑みを向けられている。それには興奮する一方で、男としてのプライドを手洗いしていない手でベタベタ触られているような感覚にもなる。

負けられない。僕の心は無駄に熱く燃えていた。

「あ、ここ懐かしー」

新宿駅の東南口近辺をぶらついていると、糸がそう言って立ち止まる。休日の新宿にあっていっそう賑々《にぎにぎ》しい、ゲームセンターを指差していた。

そういえばと、僕も思い出す。

「確か大学一年の時、ふたりで来たっけ」

「そうそう。ここのクレーンゲームで、私がぬいぐるみ取ろうとしても全然取れなくて、代わりに冬《ふゆ》くんがやってみたら一発で取れてさー」

「あーあったな！　なつい！」

「あの時の悔しさ、私まだ忘れてないからね」

「えっ、喜びじゃなくて？」

糸は微笑《ほほえ》んでいる。しかし目は笑っていない。

そうだ。あの時、良かれと思って取ってやったら途端にスネていたっけ。

あの頃はまだ付き合いたてで、糸という女の子の本質を理解できていなかった。なのでなぜそこで糸が機嫌を損ねたのか分からず、困惑したものだ。

「よっしゃーあの時のリベンジだ！」

糸はクレーンゲームが並ぶエリアをズンズンと進んでいく。

ターゲットを吟味していたところ、顔のパーツが中心に寄っている変なウサギのぬいぐるみを発見し、糸は「きゃわ！」と歓声を上げる。

そういえばこの変なウサギ、糸とのラインでよく見るな。

「クレーンゲームの景品になるほど人気者だったのか、こいつ」

「そうだよ、知らなかったの？」

「糸がスタンプでよく使ってるから、万人受けしてるキャラではないのかと」

「どういう意味じゃいオラァ」

変なウサギが数匹横たわっている台の前に立つと、糸は目をギラつかせる。

「不思議なことに千五百円の臨時収入があったから、その分は罪悪感なく挑戦できるぜ！」

「全然不思議じゃないし、別の方向への罪悪感を覚えろ」

と、ツッコミを入れている途中で気づいた。

これは、チャンスなのではないか。

糸《いと》は現在クレーンゲームに集中している。ゆえにフェアリートラップを仕掛ける隙《すき》は、いくらでもあるのだ。あとは周りの目さえかいくぐれば……！

「うわー、もう二キス分も飲まれちゃったよ。冬《ふゆ》くん、あとで五回くらいキスしてあげるから財布貸してー」

「頭カチ割るぞ」

「アーーーっ！　我ながら今の発言は最低すぎる！」

いやいやダメだ。糸のペースに呑《の》まれている場合じゃない。

ここでタイミング良く、隣の台にいた親子連れが無事に景品をゲットしたようだ。目の届く範囲にはもう背中を向ける彼らしかいない。

今だ。僕はヌルッと糸のすぐ斜め後ろまで近づく。

集中している糸は、僕の接近に気づかない。口から「ぐぬぬ」を漏らしながら変なウサギを睨《にら》むその横顔を、僕はじっと見つめ、こちらを向く瞬間を待った。

糸の肌は、以前よりも健康的で艶《つや》やかになったように見える。クレーンゲームの真っ白な明かりに照らされて、品よく輝いていた。

真剣な面持ちであるがゆえ目は鋭い。鼻は高く、まつ毛は長く、おでこの形がキレイ。唇は、僕を何度もクラクラさせたとは思えないほど薄く、控えめだ。

糸って、こんなに美人だったんだな。

じんわりと脳に染み込むように、そんな言葉が浮かんだ。

と、見惚《みほ》れていたその時だ。糸がこちらを向く。

「ねー全然取れな……んっ」

仕返しをしてやった。触れるだけではない、少し長めなキス。

顔を離すと、糸は虚を衝《つ》かれた表情。目を見開き、唇を震わせている。

その顔は徐々に変化していく。悔しそうな、恥ずかしそうな、でもそれを顔に出したくないといった感情が滲《にじ》む、複雑な微笑《ほほえ》み。

「……やりますね、冬さん」

「だろ?」

「今のは流石《さすが》に私も、認めざるをえな……おっつ」

変な声が出た糸。その視線の先は、僕の背中側。

「あっ……」

振り返ると、三歳くらいの女の子と目が合った。

抱き合うようにお父さんに抱っこされているその子は、クレーンゲームの景品のぬいぐるみ

を握りしめながら、目を丸くして僕らを見つめている。「ちゅーしてた……」といった驚きの感情が、顔に丸ごと表れていた。

お父さんの方は気づいていないらしい。僕らに背中を向けたまま、親子は去っていった。

「………」

糸《いと》の横顔に見惚《みほ》れていたせいで、女の子の視線に気づかなかった。

呆然《ぼうぜん》とする僕の肩にポンと手を置いた糸は、優しい笑顔で囁《ささや》く。

「罰金、千円ね」

糸はその千円を使い切り、見事にぬいぐるみをゲットするのだった。


ゲームセンター内のベンチに座ると、流れるように僕は頭を抱える。

「そんなに落ち込むナヨっ」

変なウサギのぬいぐるみが、僕の肩をポンと叩《たた》く。

糸は自分の顔をぬいぐるみで隠し、謎《なぞ》に高い声を発し、変なウサギとして僕に接していた。

そんな小粋《こいき》なボケにも対応できないくらい、僕は自責の念に駆られていた。

「あんな小さい子に、僕はなんてものを見せてしまったんだ……」

「キスくらい大丈夫ダヨっ」

「だってキスは、最もソフトな性行為じゃん……」

他人に迷惑をかけたくない。それは僕も同じだ。もちろん子供に対しても同様。むしろ子供だからこそ余計に精神にくるものである。

「消えてなくなりてぇ……」

「気にするナヨっ。それでもバカップル撲滅委員会の書記長ナノっ？」

「副会長から降格してんじゃねえか……」

ここで話者がウサギから糸《いと》へと変わる。糸はぬいぐるみを膝《ひざ》の上に置くと、柔らかく微笑《ほほえ》みながら語りかけた。

「まぁ私がけしかけちゃったせいでもあるよね。ごめんごめん。もうやめよ、キャンペーン」

「そう言って僕を油断させる気か……？」

「疑心暗鬼になってる……もうしないって。酔いも醒《さ》めてきて、流石《さすが》に不純がすぎると自覚し始めてきたからさ。ほんと何やってたんだろうね」

糸は自虐的に眉《まゆ》をひそめる。どうやらウソはないようだった。

そろそろ二軒目に向かおうと、ゲームセンターを後にすることに。僕は用を足すため一度糸を残してベンチを離れた。

「お待たせ。それじゃ行こう……ん？」

戻ってきて声をかけるも、糸はなぜか無言で微笑んだまま。ベンチに座るよう促す。

「どうした？」

「ごめん冬《ふゆ》くん。はいこれ」

そう言って糸が手渡してきたのは、千円札だ。

まるで意味が分からず困惑していると、突如糸の手がグッと僕の顎《あご》を上げる。

そして――キスされた。

先ほどよりも長いどころか、かなり激しめのキス。

解放されると、糸は満足げに笑う。

「ごめんね、ありがとう。それじゃ行こっか」

「な、え？　なに……？」

「気にするナヨっ」

変なウサギの口調でそう言われると、手首を掴《つか》まれ引っ張られていく。

僕は頭が爆発しそうなほど大混乱。思わず周囲を見渡す。

今の僕らのキスを目撃したのは、ベンチの正面にいた男女のみ。

地雷系ファッションの女子とホストみたいな男。うまく言えないが、いかにもなカップル。

彼らは口をあんぐりと開け、僕と糸を見ていた。

そこで僕は「あぁ……」と納得。

「また、バカップルに当て付けられたのか」

「んー？　何の話ー？」

「罰金を先払いしてまで……クソ恵比寿《えびす》カップルとかさっきのバカップルより、実はおまえが一番ヤバいんじゃね？」

「んふふー。でも、興奮したでしょ？」

「……まぁな」

正直に告げると、糸《いと》は満足そうに艶《つや》っぽい笑顔を見せるのだった。

さて。この一連のお話の中で、何が最もヤバいでしょうか。

こんなことをしている僕らが、それでもカップルではない、という点である。

第二話 映画

糸《いと》は映画が好きだ。

映画にも、映画鑑賞にも、こだわりがある。

だからこそ好きなものはもちろん、嫌いなものもハッキリしていた。

＊＊＊

「……よく分からなかった」

劇場内がふわっと明るくなると、僕は絞り出すようにこう告げた。

隣に座る糸はクスクスと小さく笑う。

「だから言ったじゃん。冬《ふゆ》くん好みの映画じゃないって」

「ごめん、なんか……『え、終わり?』ってなっちゃった」

「うん、隣から感じてたよ。冬くんの『え、終わり?』って波動を」

「波動出てたのかよ……めっちゃ恥ずいな……」

顔が熱くなり、手のひらを頰《ほお》に当てて冷やす。そんな僕の様子を糸は、本当は爆笑したいのだろうが、劇場内に漂う余韻を掻《か》き消さないようにと震えながら堪《こら》えていた。

先週の新宿《しんじゅく》はしご酒feat.秋のフェアリートラップ・キャンペーンとは打って変わって、本日僕らは日比谷《ひびや》の映画館に来ていた。

きっかけは数日前。糸に週末の予定を聞くと、ひとりで映画に行くとの答えが返ってきた。

そこで、二の足を踏んだのは事実だ。

なぜなら僕と糸は、映画の趣味が絶望的に合わない。

僕が好きなのは、ドッカンバッコンイエーイなアクション映画やヒーロー映画。

糸が好きなのは、そこらの道端を撮ったような、いわば『何も起きない』映画。

糸は僕が好むタイプの映画も楽しめるという。そもそも映画というメディアが好きなのだ。大学時代にも休日にひとりでよく映画館に足を運んでいた。

対して僕はその頃から、糸の好みにはまるで共感できなかった。

こんなデカいスクリーンでやる必要があるのか、いつになったら銃撃戦が始まるのか、なんだそのスッキリしない終わり方は気取ってんのか、など文句は尽きない。

そんなことを考えながら観《み》ているから、隣から糸の鼻をすする音が聞こえてくると、思わずギョッとしたものだ。一体何で涙腺《るいせん》を刺激されたのか、甚《はなは》だ理解できなかった。

ただ、そんな映画を楽しむことができる糸を、カッコいいと思っていたのも事実だ。

そこで時を経て、糸が好む『何も起きない』映画に再挑戦してみようと思い立ったのだ。

僕も社会人になって様々なことを学んだ。酸いも甘いも経験した。八割方、酸いだけど。最近は胃もたれをするようにもなった。人は何かを失うことで何かが得られるはずだ。胃の衰えを代償に僕は、『何も起きない』映画に適応できるようになったはずだ。

そんな意気込みで本日、糸《いと》と『何も起きない』映画を鑑賞した結果、冒頭に戻るわけだ。

僕は依然として『何も起きない』映画の良さが分からない、胃もたれする二十四歳だった。

「映画の好みなんて人それぞれなんだし、気にすんなよー」

劇場近くのカフェにて、糸はこう言って僕を励ます。

「映画が楽しめなかったからって落ち込む人、初めて見たよ。怒るなら分かるけどさ」

「いや怒りはしないだろ……向こうだって一生懸命作ってるんだし」

「一生懸命作ったとは思ってるんだ」

「そりゃだって、映画を通じて何かを伝えようとしてるのは分かるし……。伝えたいことを伝えるための一番いい形として仕上がったのがアレで、伝わってる人もいっぱいいるんだろ？じゃあ伝わってない僕が悪いじゃん」

「はは。なんか今のすごい、冬《ふゆ》くんっぽい考え方だね」

あれ、やっぱりバカにされてる？

「なんか、作り手側っぽい意見でもあるよね」

「あー……まぁこんなんでも、ゲーム制作者の端くれですから」

「作る側に回るとそうなるんかねぇ。私は面白さを理解できなかったら『私が理解できるように作らなかった向こうが悪い』って思っちゃうもん」

「おお、言うねぇ」

「こっちは千九百円払っとんじゃい。なんとでも言え」

「傲慢《ごうまん》な客だな」

「あ、パチキレそう。どうしようパチキレちゃう。助けて冬くん、私を止めて」

わなわなと手を震わせながらティースプーンを僕に突きつける糸。凶器の選択からして一切殺意は感じられないが、表情が迫真すぎてちょっと引いた。

「糸が理解できない映画って、例えばどんなの？」

糸はティースプーンをタバコのように咥《くわ》えて熟考。

「そりゃまぁいろいろあるけど……とりあえず、毒親と完全和解するような映画は嫌い」

「あぁ、それは僕も無理だな」

「毒具合にもよるけどさ。お涙ちょうだいな展開の末に、過去は水に流して何のわだかまりもなくなりましたー、みたいな結末だったら、スクリーンをビリビリに破きたくなるね」

糸と僕は、互いに家庭環境に問題がある。

僕は母親からほぼ相手にされなかった。すべてが兄を優先した環境の中、幽霊のような存在だった。なので地元を出て東京で就職した現在では、実家とほぼ連絡を取っていない。

糸《いと》は父親が過干渉。子供の頃からあらゆることを制限されてきた。大人になっても変わらず、就職先を無断で選別されたり、結婚相手まで勝手に決められそうになっていた。しかし数か月前、人間なら持っていて当然の権利を奪われ続けてきたのだ。ついに糸は本当の意味で独り立ちすることを決意。父親の選んだ会社から、編集プロダクションへと転職したのだ。

当然父親は猛反対。それでも糸は折れずに立ち向かった。そうして今では勘当同然の扱いになったという。糸はむしろせいせいしていた。

こんな事情から、親関連のキレイごとが大嫌いな僕ら。特に糸は映画に現実感を求めるようなので、いっそう過敏に反応するのだろう。

ところで、この一連の会話において、ひとつ無視できない事案があった。

「糸さんや」

「なんだい冬《ふゆ》さん」

「今の、レギュレーション違反じゃないですか？」

「……はっ！」

かつて僕と糸は『現実を見るようなことを言ったら千円』という約束事を取り決めた。仕事や家族の問題、つまりは現実から逃げたいがために生まれたものだ。

ただ最近、僕らの間で新たな条約が締結されていた。

『親の話をしたら五千円』

何かと罰金が発生する関係である。

父親と絶縁状態になったことで、いよいよ日常の中から親の匂《にお》いを脱臭したいと考えた糸が言い出した約束事である。僕も親の話など頼まれてもしたくないので即了承した。

罰金の高さがその重大性を物語っている。僕たちにとっては現実を見ることよりも、キスが他人にバレることよりも、親の話をすることに抵抗があるのだ。

そのはずが、数十秒前の糸の発言がこちらである。

『とりあえず、毒親と完全和解するような映画は嫌い』

「自ら親の話してませんか糸さーん？」

「い、いや違うじゃん！　これは映画の好き嫌いの話であってですね……」

「映画の話なら良いなんて、レギュレーションには記載されていませんでしたが？」

「うえーん勘弁してくださいー！　五千円はデカいってー！」

瞳《ひとみ》を潤ませて懇願してくる糸には、僕も笑いが堪《こら》えられなくなった。

「はいはい、冗談だよ。こういうのまで罰金にしたら、映画とか本の感想も言えなくなるしね。今回のは例外ということで」

「うぅ、ありがとうございます……お礼にこちらを」

「何？」

「五千円です」

「払いたいんかい」

アホなやりとりはそれくらいにして、再び先ほどの映画の話に。

「さっきの映画は、糸《いと》的にはどうだったの？」

「んー、今年見た中では一番かな」

今年イチの映画を語っているとは思えない平坦《へいたん》なテンションである。

映画の内容はというと、父親の三回忌のために主人公や兄弟や親戚《しんせき》が田舎に集まるという、それだけの話。本当にただそれだけの話だ。

遺産を巡ってギスギスしているわけでもなく、分かりやすい笑いどころもない。派手な伏線回収もどんでん返しもない。殺人どころか殴り合いも起きない。血が一滴も出ない映画を観《み》たのは初めてかもしれない。

それでも糸が今年イチと評する理由。彼女はそれを一言でまとめる。

「私の話だったから」

私の話。つまりそれだけ共感できたということだろう。

確かに作中のすでに亡くなっている父親は、それなりに厳格な人だったことが伝聞的に窺《うかが》い知れた。ただ、それだけではないらしい。

「あの母親もさ、ウチのとそっくりだったのよ。一見優しくて子供側に立っているスタンスなんだけど、暗に自分の望む方向へ進ませようとしてる感じ。情で子供を支配してるんだよね」

「あー……」

糸の両親との関係は、父とは最悪で、母とも微妙らしい。

つい数か月前のこと。糸の母親も交えて三人でアフタヌーンティー、という謎《なぞ》のイベントがあったが、その時の糸の態度を見ているとその関係性がよく分かった。

ただ父親とは絶縁状態になった今でも、たまにふたりでお茶したり、買い物に行くという。母娘の関係はよく分からない。

「あの映画の母親に感じた気持ち悪さはそれか」

「でしょ？　ちょっと嫌だったでしょ？」

僕がただ「気持ち悪い」と思っていたところを、糸はちゃんと言語化できている。その時点でやはりそもそもの見方が異なるのだと痛感する。

流石《さすが》は編集ライター。流石は『言葉の人』だ。

「まぁでも、登場人物全員の『いそう感』はすごかったな。家族だけじゃなくて超脇役《わきやく》まで、みんなやけに現実感があったわ」

「ほんそれ。みんな現実にいそうだよね。あの友達、すっごいうるさいし空気読めないけど、たまにハッとするようなこと言う感じ。ああいう憎めない人いるわー」

「あと同僚もな。自分のことしか考えてない飯の食い方が汚い上司とか。見た目は派手だけど自信なさげな後輩ちゃんとか」

「唯一、非現実的な存在感があったタバコ屋のお姉さんも良かったよね。タバコ屋に似つかわしくない容姿だけど、そのおかげでちょっと説教くさい話もスッて入ってきたね」

「あと地味に好きだったのが、ファミレスの店員さんな。ほんのちょっとしか主人公たちとは関わらないいんだけど、なんかいちいち可愛《かわい》くて好きだったわ」

ふと、糸《いと》がニヤニヤとして僕を見つめていた。

「冬《ふゆ》くん、結構分かってるじゃん」

「登場人物の個性は、なんか記憶に残ってるなぁ。昔よりいろんな人を見るようになったせいかもね。糸は昔から、こういうところにも気づいてたの？」

「まぁ私は、人の顔色ばかりうかがって生きてきましたからね」

糸がよく言う、ちょい強めの自虐。もはやお決まりのギャグのようである。

笑ってやると糸も嬉《うれ》しそうに、でも「笑うなしー」と口では咎《とが》めるのだった。

「けどストーリーにはやっぱり入り込めなかったよ。よく分からない場面を長々と映しているかと思いきや、人が死んだ時はすごい淡々としてさ」

実は映画の中でひとり、登場人物が死んでいる。しかも結構話題に上がっていたキャラだ。しかしその死や葬式の様子などは、非常に淡々と描かれていた。

「物語で人をひとり殺したのに、そりゃないよって思っちゃったわ」

「でも私はあのシーン、むしろドキドキしながら見てたよ」

「え、なんで？」

「葬儀みたいないかにも何かが起きそうな場面を、日常の地続きみたいに淡々と描かれているとさ、むしろ怖くならない？　静けさが怖いっていうか、何かを抑え込んでいて、いつか爆発するんじゃないかって危うさ」

糸は普段よりも饒舌《じょうぜつ》に語る。

正直よく分からない話が続いているが、必死に伝えようとする糸を見ていると、嬉しさと共に寂しさがこみ上げてくる。

「それに、冬くんは何も起きてないって言うけど、実は映画の中でいろいろ起きてるんだよ」

「え、そうなの？」

「そうだよ。何気ない会話からでも、何かを予感させるというか。たとえば『今の一言で完全にこの人から心が離れた』とか、『この一言が少なからずあの人を救済したんだ』とか、表情の演技とかから分からなかった？」

「うーん……分からん」

「分かれや！」

最終的にはパチキレて地団駄を踏む糸であった。

「そもそも冬くんはさ、なんで趣味の合わない映画を、そんな無理やり分かろうとするの？」

糸《いと》はムキになったように、こんなことを聞いてきた。

「それはだって、糸がそれだけ感動してるのに、分からないのはイヤだよ」

「……むう」

口を閉じて唸《うな》る糸。どこか照れくさそうな表情で僕を見つめる。

そうして柔らかな口調で、こう諭《さと》してくれた。

「まぁ好みはいろいろだよ。冬《ふゆ》くんの感性にバチっとハマる映画も、絶対にこの世界にはあるはず。私の話があるみたいに、冬くんの話もあるよ」

「そうだな。じゃあ今度じっくり探してみるかな、僕の話を」

「もしかしたら、次の映画がそうかもしれないよ？」

糸はそう言って、まだ切られていない映画の券をぴらぴらと掲げた。


本日はもう一本、観《み》る予定の映画があった。はしご酒の翌週は、はしご映画というわけだ。僕が糸の映画鑑賞ＤＡＹにお邪魔している形なので、二本目も当然糸セレクションだ。ヨーロッパのどこかの映画祭で賞を獲《と》ったものらしく、糸は結構前から気になっていたようだ。なので公開から一か月近く経ってもレビューなど確認せず、今日この時を迎えた。

結果、そこそこの惨事となる。

中盤を超えた辺りから、なんとなく嫌な予感はしていた。それが終盤、現実のものとなる。

『私はいつだって、あなたに愛されたかったのよママ！』

『ああごめんなさいキャサリン！　私が間違っていたわ！』

ふたりの女優の大仰な演技で繰り広げられる愁嘆場《しゅうたんば》。

嫌い合っていた母娘の電撃和解。周りに迷惑かけまくるも甘やかされるヒロインカップル。

夢見がちなヒロインの夢がなんか都合よく叶《かな》う世界。

糸が嫌いそうな要素が随所にちりばめられた、逆数え役満みたいな映画である。

そんな映画を観るために千九百円払った彼女はというと。

「……………………………」

静けさが怖い。何かを抑え込んでいて、いつか爆発するんじゃないかという危うさ。

つい先ほど聞いた表現を自ら体現しているかのように、糸はいやにおとなしく座っていた。

その顔にはうっすら笑みすら浮かんでいる。正直めちゃくちゃ怖い。

お気に召していないのは明らかだった。その証拠にいよいよ母娘の和解が繰り広げられようとした直後、「へっ」と聞こえるか聞こえないかくらいの声が漂ってきた。

なんならもう劇場を後にしてしまっても良いと、僕は思う。

しかしそれを許せないのもまた糸である。

糸は、上映中のマナー違反が嫌いだ。

しゃべる、物音を立てる、前の座席を蹴《け》る、スマホを見る。よく上映前に変な唇の化け物が教えてくれる鑑賞マナー動画にて注意されるような事項はまず許さない。

「映画泥棒なんて見つけたらタコ殴りですわ」と過去に糸《いと》は言っていた。「ノーモア映画泥棒、見つけ次第タコ殴り」とも言っていた。

加えて上映時間に遅刻すること、そして途中退場することもNGだ。

無論、やんごとなき事情があるなら仕方がない。でも極力避けるに越したことはない。

それによって真剣に観《み》て映画に入り込んでいる人の邪魔をしたくない。つまりはやっぱり、他人に迷惑をかけたくないのだ、糸は。

ゆえにいま彼女は、猛烈なジレンマに襲われていることだろう。

ご都合主義の頭がハッピーな映画なんてこれ以上観たくない。

しかし席を立てば、楽しんで見ている人の邪魔をしてしまう。

「(ギリ……ッ!)」

すごい歯を食いしばっている。

幸い映画はもう終盤。もう少しで解放される。なのでこのままエンドロールが終わるまで、糸は我慢するつもりだろう。おいたわしや。

でも、それほど他人をおもんぱかれるなんてさ、カッケーよ糸。僕は君を誇りに思うよ。この状況、くっそ笑えるけど。

「……ん?」

必死に笑いを堪《こら》えていたその時だ。

糸側の肘《ひじ》かけに置いていた左手の甲に、そっと糸の右手が添えられる。

怒りのあまり指でもへし折られるのではないかとヒヤヒヤしていたが、むしろ糸は僕の指の一本一本をスリスリとさすってきた。

何が楽しいのか分からないが、しばらくされるがままにしていると、糸の手は肘かけを飛び越えて僕の左膝《ひざ》へと到達。そこでまた、いやに柔らかい指使いで膝を撫《な》で回す。

この辺りで僕は察した。前にも似たような経験をしたからだ。

数か月前、糸の母も交え三人でアフタヌーンティーを楽しんでいた時のことだ。

糸は向かいに座る僕の内股《うちまた》を、足のつま先でスリスリと刺激。ホテルのカフェにて、しかも実の母が隣にいるそのテーブルの下で、そんなプレイをおっ始めたのだ。

当時の僕はもう大混乱のパニック状態で、されるがままだった。

「…………」

だが、あらゆる局面を経験し、糸の特殊性癖を浴びるほど分からされてきた今の僕は違う。

何より僕は先週の敗北を、罰金総額二千五百円を、一日たりとも忘れていないのだ。

「?」

左膝から内股へと侵攻してきた糸の右手の手首を、僕はグッと捕まえる。

そしてその腕を軽く持ち上げて……。

「っ！」

二の腕の下を、ちょんと触る。

すると糸《いと》はぷるるっと震えた。

とっさに逃れようとするも、もちろん放さない。この機を逃すわけがない。

いまやこの戦いの主導権は、僕が握っている。

なぜなら糸は、二の腕から脇《わき》の下にかけてのラインが、もう本当に弱いのだ。

「っ……！」

ぷにぷにと触っていると、吐息が荒くなってきた。

公開から時間が経っている映画なので、客の入りは少なく、僕たちの周囲には誰も座っていない。この行為を目視で確認できる人は誰一人いないだろう。

加えてスクリーンでは汽車ぽっぽが大音量を上げて走っている最中であるため、他のお客様のお耳の邪魔もしていない。

誰にもバレていない、僕たちだけの悪戯《いたずら》。

薄暗い劇場。眼下には他のお客様方。スクリーンではなんか家族で大団円な雰囲気。

その中で僕は、糸の二の腕をぷにぷにし続け、糸はプルプル震え続けた。

本編は終了し、エンドロールが流れ始める。劇場内を静かなピアノの旋律が巡る。

でも僕はまだ仕返しし足りないので、二の腕から脇へと侵攻してみた。

「っ……っ……！」

流石《さすが》の糸《いと》も顔をこちらに向けて、小さく首を振る。

いけないことだと、僕も分かっている。僕は糸と比べれば良識を持っている方だ。

でも、「それ以上はダメ」と懇願する瞳《ひとみ》、小刻みに震える唇を見ているとどうしようもなく、やめたくなくなってしまった。

しかして僕は、二の腕から脇《わき》、さらには胸の付け根まで——指をスーッと伝わせた。

「んっ……！」

刹那《せつな》、糸の声が漏れる。

すると前方、二列前に座るカップルの女性の頭がピクリと反応した。周囲を見回すように頭が動く。僕はとっさに糸の腕を離した。

糸も僕も緊張の面持ちで女性を凝視。心臓の鼓動が早くなっていく。

「…………………」

その女性は振り返ることなく、正面を向き直していた。

ホッと安堵《あんど》して糸を見ると、まだ吐息は荒く、少し俯《うつむ》いて二の腕辺りをさすっている。

僕は糸の耳に、口を近づける。

「迷惑、かけちゃったかもね」

糸はビクッと震えると、恨めしそうな目を僕に向けるのだった。

糸は、耳も弱いのである。

エンドロールが終わり、劇場内に明かりが灯《とも》る。

立ち上がるお客さんたちはそれぞれ余韻に浸るような表情を浮かべていたり、小声で感想を言い合ったりしている。

しかしその後方、僕と糸の間には妙な雰囲気が漂う。

「どうだった糸。映画の感想は」

笑顔で尋ねると糸は、赤く染まった頬《ほお》を手で隠すように覆いつつ、恥ずかしそうに告げる。

「最っ低だった」

だいぶ声が上ずっているが、どこか満ち足りたような顔。そして「もうっ」と言って肩パンすると、そそくさと立ち上がる。

キレられても仕方ないと思ったが、思いのほか、悪くなかったらしい。

劇場を後にし、下りのエスカレーターに乗る。後ろに立つ糸は僕に軽く寄りかかりながら、耳元でポソポソと話す。

「ホントしてやられた。何あの時間……」

「度重なる僕へのセクハラの仕返しだよ」

「セクハラて。もしかしてまだ根に持ってたの、アフタヌーンティーの」

「当たり前だろ。糸《いと》の母親の前であんなプレイを……」

「五千円」

「え？」

思わず振り返ると、糸は怖いくらいニッコリと微笑《ほほえ》んでいた。

「親の話したら五千円」

「え、いや……糸さん？」

「親の話したら五千円」

機械のようにレギュレーション違反を指摘する糸。どうやら冗談ではないらしい。

やっぱり、けっこう怒っていた。

「わ、悪かったよ。流石《さすが》にやりすぎた。ってか元はと言えば糸が……」

「関係ないよね？　いまここにあるのは冬《ふゆ》くんが親の話をしたという事実だけ。冬くんが劇場で私にしたことなんて、なーーーんにも関係ないよね？」

「絶対関係あるだろ！　勘弁してくれ糸、五千円はデカいって！」

「とりあえず今日の晩ご飯と、あとは何を買ってもらおうかしら」

「糸さーん、ごめんねってーっ！」

結局は許されることなく僕は、夕飯を奢《おご》らされ、その帰りにデパ地下でちょっと良いチョコを買わされるのだった。

その夜のピロートークにて、糸は真意を語った。

映画館という『聖域』での蛮行が、許せなかったらしい。

「でも最初にやったのは糸じゃん」と正論をかますと、どことは言わないが、つねられた。

第三話　イケア

「でっっっか！」

その建物を前にして、僕は思わず声を上げる。

隣の糸《いと》はそんな僕の反応を見て、満足げに頷《うなず》いた。

「言ったでしょ、新三郷《しんみさと》のイケアはレベルが違うんだって」

「おお……本当だな。大きいって言っても渋谷《しぶや》のくらいかと思ったわ……」

「ちなみに向こうにはでっかいコストコもあるんだよ」

「おいおい海外かよ」

「ベッドタウンの本気をナメちゃいけませんよ」

僕らは電車を乗り継ぎ、はるばる埼玉は新三郷のイケアに来ていた。

糸がいくつか買いたい家具があるというので、ここでまとめて揃《そろ》えるためだ。

四国は香川から上京してはや六年半の月日が経つが、建物に対してここまで驚いたのは大学時代にサークルの男共と行った中山《なかやま》競馬場以来だ。

ここは埼玉で、中山競馬場は千葉だけど。

「いやーちょっとワクワクしちゃうな。ここ全部が家具屋さんなんだろ？」

「あはは、冬《ふゆ》くんがそんなに興奮してんの珍しー可愛《かわい》いー」

「え、そう?」

「初めて夢の国に行った時は『へーこんな感じかー』くらいの反応だったのに」

「あー、あの時も心の中では大興奮だったよ。表に出すのに恥じらいがあっただけで」

「大人になった今は恥ずかしくないいんだ」

「感情を素直に表に出せるようになって、初めて大人と言えるのさ」

「わーダサーい」

興奮が収まらぬ中、僕と糸はイケアに入店した。

まずは入ってすぐの場所にある食堂で腹ごしらえ。

土曜日とあって店内は主にファミリー層の客でごった返していた。

長い行列に並び、やっとの思いで料理がのったトレイを手にした僕らは、陽の当たる窓際の席にていただきますをする。

「月曜二限後の学食って感じだな」

「確かに。月曜日の学食ってやたら混んでたよね」

「納豆はなくて大丈夫か?」

「いつまでコスるのそれ。ていうかパンだし」

家具屋さんとは思えないレベルの料理を堪能《たんのう》した後は、いよいよ家具の売り場へ突入する。

大型店舗だけあってフロアマップはまるで迷路のよう。順路通りに進んでいくことで、あらゆる家具や雑貨などを余すところなく見て回れるわけだ。

まずはズラーっとカラフルなソファが並ぶエリアへ。糸《いと》は入った途端、「わーこれオシャンティ！」と言ってオレンジ色のソファに座る。僕もその隣に腰をかけた。

「で、糸は何を買いに来たんだっけ」

「メインは仕事用のデスクとイスだね」

「糸の会社って在宅勤務もあるの？」

「いや、休日もちょこっとフォトショとか触るからさ」

「働くねぇ」

「うん、ちょー大変！」

糸は満面の笑みを浮かべる。それには僕もつられて微笑《ほほえ》む。

糸の転職先は編集プロダクション。雑誌やウェブサイトを取り扱っているらしく、入社したばかりの糸は現在は編集ライターとして、女性向けの雑誌を作っているという。

ほぼ毎日残業し、休日も自主的に軽く編集作業をしているらしい。

ただ同じくらいの労働時間でも前の会社に勤めていた頃とは違う。

糸は今、本当にやりたいことができているから。

『私は、文章を書きたい……』

『世界のどこかにいる誰かに、あなたはひとりじゃないよって、伝える仕事がしたい』

数か月前、糸自身が口にした夢。彼女は今それを叶《かな》えている真《ま》っ只中《ただなか》なのだ。

糸は大学時代のSF研究サークルでも精力的に活動していた。元々好きなことに関しては、バイタリティのある人間なのだ。

ゆえに今、好きなことができている彼女は水を得た魚のように活き活きと仕事をしている。

今の糸はきっと、自分らしく楽しく生きられないことが嫌いだ。

何を当たり前なことをと思われるかもしれないが、糸にとってはそれが簡単ではなかった。

二十四年に及ぶ父の束縛があったからだ。

それから解放されたばかりの糸は現在、カラカラに渇いた状態である。

ゆえに毎日の仕事が楽しくて仕方がないのだろう。

「それだけ仕事に没頭してくれていると、僕も嬉《うれ》しいし安心するよ」

「いひひ、ありがと」

糸は無邪気に笑う。ソファに深く座ると「こりゃいい……」と目を瞑《つむ》る。

その横顔を、僕はつい見つめてしまう。

きっと僕が安堵《あんど》した本当の理由なんて、糸は気づいていないのだろう。

ソファで隣同士だけど、ほんの少し開いた数センチの隙間《すきま》。

夜になれば縮まるけれど、陽が昇ればまた自然と広がる距離。

その意味を僕は今、ゆっくりと噛《か》み締め、ひたすらに顧みている最中なのだ。

「やばー寝ちゃいそう……」

糸《いと》はふにゃふにゃした声で呟《つぶや》く。その身体《からだ》はよりソファに深く埋もれていく。

「よだれ一滴でも垂らしたら買い取りですよお客様」

「えっ……」

「こちらの金額、払えるのですか？」

値札を掲げてみせると、糸は「ひえぇ……」と立ち上がって後退《あとずさ》りする。

「五億円なんて大金、私にはありませんわ……！」

「だいぶ盛ったな」

「そうですわ！　冬《ふゆ》くんに親の話を十万回させれば……！」

「恐ろしい計算をするな」

パレットのようにカラフルなソファの数々に目移りしながら、僕と糸は順路を進んでいく。

「で、欲しいのはデスクとイスだけ？」

「あとはベッドとかラグマットも見たいなー。買うかは分からないけど」

「ああ、ラグマットは僕も欲しいかも」

「あとサメのぬいぐるみ」

「アレな。絶対欲しいなアレ」

その後も「あのソファ可愛《かわい》い」「あのソファ、めっちゃ悪役が座ってそう」などとダラダラとしゃべりながら進んでいき、数十分かけてやっとソファエリアから抜け出した。

そうして次は、本棚が立ち並ぶエリアへ。

「冬警部、見てください！　本棚に仕掛けが！」

「なに⁉　まさか隠し部屋が⁉」

「六法全書のカバーはすべてダミーで……中には大量のエロ本が！」

「しょうがねえヤツだな！」

続いて、ダイニングテーブルのエリア。

「おとうさーん、今年もサンタさん来るかなー？」

「もちろん、糸が良い子にしていたらね。今年はサンタさんに何をお願いするのかな？」

「つぎのおかあさん」

「複雑な家庭！」

エリアごとにコントをおっぱじめるご機嫌な僕ら。もちろん他人に迷惑はかけないよう声量は抑えながら、ふたりだけの小さな世界でしょうもない悪ふざけを重ねる。

ひたすらにくだらないが、どうしようもなく楽しい時間の連続が、心地良かった。

主にコントのせいで一向にお目当てのデスクゾーンへと辿《たど》り着《つ》かない中、またも糸の興味を引きつける代物と出会ってしまう。

「わーこのイス良いー！　好きー！」

糸《いと》が見つけたのはレザー素材のイームズチェア。その色味を見て僕はつい笑ってしまう。

「糸ってほんとその色好きだなぁ。明るめの茶色というか……」

「キャメル色だよ。うわー座り心地もいい」

「買っちゃえば？」

「でもウチ、ダイニングテーブルないもん。イスだけあっても仕方ないじゃん」

「じゃあテーブルも買えば」

「そんな広くないってウチ。デスクを入れるので精一杯だでな。それに予算も足りないし」

糸は「広い家に住みたいなー。あと五億円欲しいなー」などと言いながら、名残惜しそうにイスから立ち上がる。先に進んでも、糸は何度か振り返ってはそのイスを見つめていた。

そうしてついに、仕事用のデスクを取り扱っているエリアまでやってきた。

「こういう、電動で高さ調整できるデスクとか最高なんだけどなー」

「べらぼーに高けぇな」

「べらぼーですねぇ。冬《ふゆ》くん、親の話を二十席くらい披露してよ」

「やめろその稼ぎ方」

デスクエリアに入ると、糸の表情は真剣そのものになる。市場へ買い付けに訪れた寿司《すし》職人のような瞳《ひとみ》で、デスクやワークチェアのひとつひとつを吟味していく。

「ワークチェアにはこだわれって、偉い人は言ってるからなぁ」

「それって長時間座り仕事してる人に向けてじゃない？」

「でも私も気づいたら長時間作業してたりするしさー。先週の日曜日もフォトショ触ってたらあっという間に五時間くらい経ってたし」

「……え？」

なんでもないようなトーンで、なかなかスルーできない発言が飛び出した。

「ちょっと待って、そんなに家で仕事してんの？　日曜日に？」

「え、うん。だってこちとら新人だし、早く戦力にならないとさー」

「それは分かるけど……えぇ……？」

口ぶりからして、会社から強制されているわけではなさそうだ。その点では安心だが、流石《さすが》に働きすぎではなかろうか。

「冬くんだって休日ちょっとくらい働くでしょ？」

「いや、そりゃそんな時もあるけど……本当にたまにだし、五時間も稼働してはいないよ」

「それだけ編集業ってのは大変なのですよ。前の仕事と違って全然苦じゃないけどね」

「そ、そっか……」

少し狼狽《ろうばい》してしまったが、それだけ糸は今の仕事に打ち込めているということだ。

水を得た魚と表現したが、それどころか小さな水槽から大海原を知った人魚といえる。長年制限されてきた人生、好き勝手に泳ぎ回るこんな生活こそ、糸《いと》が望んだものなのだ。

ならば、心配するのは野暮というもの。

「まぁ糸が楽しいならいいよ。ちゃんと睡眠時間を確保していれば……」

「あーそれはホント大事だよね。昨日も作業に熱中しちゃってさー。実は今日四時間しか寝てないんだよねぇ」

「はいアウト」

「え？」

言下、僕は糸の腕を取って強引にその場から連れ出した。

会議用と思《おぼ》しいテーブルにつかせて、僕は対面に座る。

「面談を始めます」

「わ、私を疑うんですか……横領なんてしていません！」

「コントじゃねえよ」

オモシロ雰囲気を一瞬で消し去ると、糸の顔はうろたえた演技の表情から素の困惑へとグラデーションしていく。

「糸さん、ここ一週間の平均睡眠時間を答えてください」

「え、ええっと……たぶん七時間くらいは……」

「正直に答えてください」

「……五時間くらいですかね」

糸《いと》は目を逸《そ》らし、モゴモゴとしながらそう答えた。

言いにくそうにしているということは、よろしくないと自覚しているのだ。

「では転職後の、休日の業務時間は？」

「……五時間くらい？」

「土日合わせると？」

「い、いや土曜日は全休だよ！　ここ最近は毎週土曜に会ってるでしょ？」

「僕と会った後、家に帰ってからは？」

「……ちょこっとだけ？」

「腹立つわコイツ……」

「ええっ!?」

つい心底からの言葉が漏れてしまった。

こいつはダメだ。大海原を知ったこの人魚は息継ぎを忘れている。いやでも人魚に息継ぎは必要ないのか？　じゃあ潜ったままでも泳ぎ続けられるのか？

「いやお前は人魚じゃねえよ」

「急に何!?」

僕はこれみよがしに大きなため息をついてみせる。

「デスクを買うのはやめよう」

「え、やだ！」

「そんなもん買ったら休日に家でもバリバリ働くだろ。自宅と職場の境界が曖昧《あいまい》になるだろ」

「大丈夫だよっ、今はもう仕事が趣味みたいなものだから！」

「そう言う奴《やつ》に限って、知らないうちにストレス溜《た》め込むんだよ」

おそらく糸は好きなことに熱中しやすい気質な上に、前の会社のブラックな労働環境のせいで「これくらいなら無理しても大丈夫だろう」と間違った尺度で考えてしまっている。

いくら楽しくても仕事は仕事。やりがいで疲労が浄化されるわけがない。

「そんな生活続けてたらいつか燃え尽きるか、爆発するぞ。前の会社をやめる直前みたいに。僕イヤだよ、また会社サボって糸を誘拐するの」

「誘拐って……いや誘拐かアレは」

「那須《なす》は楽しかったけどな」

「ね。ソフトクリーム美味《おい》しかったね」

あの時、那須塩原《なすしおばら》行きの新幹線へ連れ出す前の糸は、顔色も精神もひどい状態だった。

それはもちろん過重労働だけでなく、家族の問題というダブルパンチによるものだったが、裏を返せばそれほどストレスを抱えた状況でも糸は、無理に出勤してしまう人間なのだ。

糸にはきっと、身近でブレーキをかける人が必要だ。

そしてそれは恋人じゃないとか、傍《はた》から見たら不純な間柄とかは関係ない。

糸《いと》のことを大切に思っている僕がすべきなのだ。

もう恋人じゃないけど、恋人以上のことをするのだと、決めたのだから。

「とにかく、楽しくても休まなきゃダメ。土日のどちらかは絶対全休。睡眠時間は一日六時間以上。これが守れないなら買わせないよ」

と、ここまで言って自覚する。

何の資格があって言っているのかと。僕は糸の何なのだと。

これでは、糸の父親と同じじゃないか？

ただ糸の反応を見ると、反発の意思は薄い。「えー」とか「うむー」などと唸《うな》ってはいるが真っ向から否定はしないでいる。

それなりに、僕の気持ちも理解しようとしてくれているのだろうか。

「……けっこう前にだけどさ、糸言ったことあるじゃん」

僕は、語気を弱めて優しく語りかける。

「『日曜はボーッと過ごしていたい』って。前の会社で働いていたからでもあるだろうけどさ、そういう発言が出るってことは、糸は元々ボーッとしなきゃいけないタイプの人間なんだよ」

「えー、そう？」

「だって元々バイタリティに溢《あふ》れている人だったら、どんなに過酷な労働環境でも、毎週土日フルで遊びに行ったりするじゃん」

「あー、いるよねそういう人。同じ人間とは思えない人」

同じ人間と思えないなら、やっぱり糸はこっち側の人間なのである。

「だから糸は、ちゃんとボーッとしなきゃダメだよ。もちろん仕事をしてもいいけど、時間で区切ってメリハリつけてやらなきゃ。もう僕はあの時みたいな糸を、見たくないよ」

「…………………」

糸は口をもにょもにょさせながら僕の顔をじっと見つめる。そして、大きくため息。

「……もー分かったよー。ちゃんとボーッとしますー」

無事に言質を取って僕はほっと一安心、とはならない。

「よし。それじゃとりあえず明日、ちゃんと糸がボーッとしてるかどうかを監視するからな。今日、糸の家に泊まって」

「えっ、そうなるの？」

実は糸がひとりで暮らしている今の家には行ったことがない。前の会社も今の会社も、僕の家の方がずっと近いため、泊まるのはいつもウチだったのだ。

「別に冬《ふゆ》くんちでも良くない？」

「それだと糸は帰る手間ができて面倒だろ」

「よっぽど私を疲れさせたくないのね」

「あと単純に糸《いと》の家に行きたい」

「それやろ本音」

最終的に糸は「あまりキレイじゃないですが、それでもいいなら……」とモジモジしながら了承するのだった。

「でも、家でバリバリ働かないとなると、こんなごっついデスクとワークチェアは、ちょっともったいない気がするなぁ」

「じゃあ買わなくていいんじゃない？」

「でも床に直座りで作業すると、短時間でも肩と腰が爆発するし……」

そこで、僕と糸はどうやらほぼ同時に、同じ名案を思いついたようだ。

ふたりの「あっ」という声が重なると、つい笑ってしまった。


「うーん可愛《かわい》いー。今日持って帰りたーい」

「電車じゃ無理だよ」

「なんで冬《ふゆ》くん、レンタカーできてくれなかったのー」

「東京の道は怖いんだよ」

僕らが戻ってきたのは、リビング家具のエリア。

そこで糸お気に入りのイームズチェアと、小さめのテーブルを見繕った。

仕事用のデスクやワークチェアはもう必要ないが、軽く作業するためのイスと机は欲しい。そこで件《くだん》のイームズチェアと、それに合ったテーブルを購入することにしたのだ。

「このイスとテーブルが部屋にあったら、テンション上がっちゃうなー」

「オシャレなカフェとかにありそうだよな」

「うん！　仕事も捗《はかど》っちゃうぜ！」

「ほどほどにな」

お目当ての品をスタッフに告げ、購入と配送の手続きを済ませた僕たち。

再び順路に戻って寝具エリアに入ると、早速糸はベッドに寝転がった。

「冬くんも、ほら」

「はいはい」

糸に誘われ、ふたり並んでベッドに横たわる。

「うーん、なるほどですなぁ」

「なんだその感想は。そういやベッドも買うとか言ってなかったっけ？」

「うん。でも予算とも相談だしなぁ……」

先ほど購入したイスとテーブルも、オシャレなだけあってなかなかの金額だった。それに加えてベッドとなると、それなりに勇気がいる買い物になる。

ふと、隣の糸が僕の横顔をじーっと見つめてきた。

「どうした？」

「んー。今回は、ベッドはいいや」

「え、なんで？」

糸《いと》は、僕の耳元で囁《ささや》くのだった。

「だって冬《ふゆ》くんちのベッドの方が、気持ちいいからね」

第四話 ─ 雨

神奈川県川崎《かわさき》市、川崎駅周辺。

西口方面は、大型ショッピングセンター『ラゾーナ川崎』を中心に、マンションやオフィスビルが立ち並ぶファミリー層に人気のエリア。

東口方面は、活気あふれる仲見世商店街や、イタリアの街並みをモチーフにした『ラチッタデッラ』など、商業施設がひしめき合う歓楽街。

西も東も休日には多くの人で賑《にぎ》わう、おおよそ飽きることのない神奈川県の玄関口。

それが川崎。糸《いと》の住む街だ。

そんな川崎の街並みを見て、初めて降り立った昨日の僕はけっこうワクワクした。

渋谷《しぶや》や新宿《しんじゅく》ほど行き交う人はギラついておらず、青山《あおやま》や代官山《だいかんやま》ほど鼻で笑ってやりたくなる雰囲気もない。

僕が地方出身者だからだろう、身の丈にあったちょうどいい繁華街だと感じた。

なので昨晩の僕は、糸の家の布団にくるまりながら、明日の川崎散歩を楽しみにしていた。

糸もまた、勝手知ったるこの街を案内すると乗り気だった。

カフェラテなんかを片手に日曜の川崎をポテポテと散策している、そんな未来の姿を僕たちは信じて疑わなかった。

　しかし現実は、左の通りである。

「へあぁ……冬《ふゆ》くん、今何時ぃ？」

「あー……十三時半」

「やべー、そりゃ腹減る」

「めっちゃ腹減ったけど動きたくねぇ」

「わかる。超おしっこしたいけどミリも動きたくない」

　糸の部屋のベッドにて、ぐでぇだらぁとする僕たち。

　未来の僕らは、とんだ怠惰野郎であった。

　昨日イケアの広大な店内に興奮した僕らは、はしゃいで隅々まで歩き回り、有吉《ありよし》の壁並みに至るエリアでコントを連発。

　その後、大きな買い物袋をかつぎ、県境を二度跨《また》いで川崎までやってきた。

　デスクやイスなどは配送の手続きをしたが、キッチン用品や小物家具やサメのぬいぐるみはこの手で持って帰ってきたのだ。「大人の男女がふたりしてサメ買ってる……」という視線を、電車や路上で幾度となく向けられたことは言うまでもない。大人がサメを買って何が悪い。

　それにより糸の家に着いた頃には疲労困憊《ひろうこんぱい》だったが、一晩寝れば回復する見通しだった。

　しかし、やはり二十歳を超えてからの体力の衰えは恐ろしいものがある。

互いに二十四歳。僕はもうすぐ二十五歳。

朝目覚めて、疲労がふんだんに残っていると自覚した瞬間に僕は、「もうダメなんだなぁ」と思った。隣を見ると糸《いと》も、「もうダメなんだなぁ」って顔をしていた。

ろくに運動せず、休日は酒を飲むかゲームをするか映画を見るかの三パターンが揺るぎない僕らにはもう、土日両日フルで出歩けるバイタリティはないのだ。

加えてカーテンの向こう。すりガラスの窓には、大粒の雨が打ちつけている。

そんな家の外のコンディションを受けて、なおもベッドから抜け出せずにいた僕と糸はアイコンタクトを交わした。

あのさ、もうさ、家から出たくなくね？

こんな共通認識が頭に浮かび上がったところで、ふたりともスヤァとなった。

その後、午前中に再度僕らは目を覚ましたが、なんか流れでフェアリーテイルした。

わずかに回復した体力もそれで底をつき、驚異の三度寝へ突入。

背徳と劣情が入り混じる怠惰な午前を過ごした僕らが、ベッドからぬるぬる脱出したのは、実に十四時を過ぎてからのことであった。

「はらへ。糸、僕はらへ」

「ピザでも取る？」

「ピザの気分じゃないなぁ」

「じゃあウーバーさん」

「雨だから申し訳ねぇ」

「コンビニまで徒歩一分」

「世界が滅びようとも家から出たくない」

「それな」

三分後、僕らはカップ麺《めん》をすすっていた。備蓄していたらしい。

糸はきつねうどん、僕はカレー味のヌードル。一口ちょうだいと言ってお揚げを食べようとしたら、殺気を向けられた。僕はゆっくりとお揚げを下ろした。

僕だけ冷凍ご飯を温め、残り汁に浸して食べていると、隣で「炭水化物……炭水化物……」と囁《ささや》かれた。無視して食べ進めていたら、奪われて残り全部食われた。

お腹《なか》が満たされたところで「さあ外へ！」とならないことは、もちろん予想できていた。

僕はベッドに寝転んで本棚の漫画を読み、糸はヨギボーにもたれかかってスマホぽちぽち。

暑くも寒くもない気温。部屋に響くのは空気清浄機の微《かす》かな稼働音と、窓に打ちつける雨音と、ページをめくる音のみ。

気怠《けだる》くて、でもひょっとしたら幸せな、この世界の片隅のどうしようもない休日。

糸が慌ただしい生活を送っていたからか、こういう時間はちょっと久々だ。

「ちょっと久々だね、こういう時間」

糸《いと》も、同じことを思っていた。

「まぁ私がここ最近、ずっとバタついてたからだけどさ。でも良かったじゃん。これが冬《ふゆ》くんの見たかった私なんでしょ？」

「んぇ？　あー、そっか。ボーッとしてる糸な」

「なに忘れてんねん。そもそも冬くんが今ウチにいるのは、私が仕事せずボーッとしているのを監視するためでしょ」

そうであった。糸のワーカホリック化を食い止めるために僕は、この家に来たのであった。ボーッとしすぎて頭から抜け落ちていた。

「まぁ仕事してないならよろし。とかなんか昨日から僕、勝手なこと言ってるけどさ……実は気悪くしてたりする？」

休日にボーッとするのも、仕事をするのも自由。僕にそれを侵害する資格はない。

ただ糸は、そんな僕の憂いを笑い飛ばす。

「なに気にしてんの一。気悪くなんてしてないよ。だって心配してくれてるんでしょ？」

「うん」

「人の心配を素直に受け止められるくらいには、今幸せなんで私」

「そりゃ良かった」

不意に鼻の奥がツンとし、言葉尻《ことばじり》がわずかに湿ってしまった。

「てかよく考えたら、年末はもっと忙しくなるしね。こんな時期からフルパワーで働いてたら流石《さすが》にヤバいよ。冬くんに言ってもらえて良かった」

「うむ。良きにはからえ」

「ありがたやー」

ふざけたノリで返すことで、涙を無理やり引っ込ませるのだった。

そういえばと、僕は当たり前のことに気づく。

今僕は、初めて糸の部屋に来ているんだ。

大学時代に付き合っていた頃、糸は実家暮らしだった。一度だけ行ったことはあるが、糸の両親との顔合わせという名目だったので、リビングまでしか上がらなかった。

数か月前に再会して現在の関係を築いてからも、この家には来たことがない。

つまり長い長い関係の中で、糸の完全プライベート空間に入ったのは、今回が初めてだ。

改めて、糸の部屋をまじまじと観察してみる。

正直な感想として、特別トガった個性は見受けられない。

カーペットやカーテンやテーブルなど、全体的にアースカラーでまとまっている落ち着いた雰囲気の部屋。もっと女子女子した感じをわずかに期待していたが、蓋《ふた》を開けたらシンプルに清潔感のある空間であった。

しいて女子女子している点を挙げるなら、ベッドや本棚の上はちょっと賑《にぎ》やかだ。

「糸《いと》ってぬいぐるみ好きなんだっけ。お友達がいっぱいいるな」

「うん、好きだよー。ほら、この前ゲーセンで取った子もベッドにいるよ」

「あ、ほんとだ。そういや昨日寝てる時、こいつと目が合ったな」

糸のベッドの枕元《まくらもと》には四匹ぬいぐるみがいる。夢の国の住人と、ポケットのモンスターと、頭からチェンソーが生えているヤツ、そして二週間前にゲーセンで取った変なウサギ。

このラインナップにも、どうやら意味があるようだ。

「彼らはよりすぐりのメンバー、いわば一軍のぬいぐるみです。その他、二軍のみなさんには本棚の上やトイレなどに甘んじてもらっています」

「ベッドの上がカースト頂点なのか？」

「当然でしょ。一軍の子たちとじゃなきゃ同衾《どうきん》できないですわ私」

「同衾て」

思いのほか糸はぬいぐるみに関してのこだわりがあるらしい。なぜこの四匹のお友達が一軍なのか、昇格や降格やプレーオフの仕組みなど、糸はその後も歌うように朗々と語る。

そこでふと、僕のスマホが点灯。会社用のメール管理アプリが表示される。

見れば、取引先のイラストレーターさんからメールが届いていた。絵師さんは自営業なので土日に連絡がくることもままある。

この絵師さんに依頼していたイラストの〆切はすでに過ぎており、僕ら運営側はヒヤヒヤとしながら待っていた。しかし今、こうして納品の連絡が届いたわけだ。お疲れ様でした。これで月曜日の出社へのモチベーションが三％くらい上がりました。

胸を撫《な》で下ろしつつ、社内チャットに報告しようとした時だ。

「冬《ふゆ》っさぁ～ん？　聞いてますかぁ～～～？」

「はっ……！」

糸が、ベッドの下からこちらをじっと睨《にら》んでいた。

その瞳《ひとみ》の色から、ネトっとした口調から、糸の怒りを瞬時に理解。だが謝罪するより早く、糸はトカゲのようにしゅるるっとベッドの上まで駆け上り、僕に覆いかぶさる。

「私の話を聞き流して、一体何を見てたんですかぁ～？」

「あ、すみません社外秘です！　お控えください！」

「まさか仕事のメールですか～？　私には仕事するなって言っておきながら、なんたる～」

「い、いや……それは糸が仕事しすぎだから言ったのであって、僕は別に……」

「なんたる～～、なんたるぅ～～～っ！」

「ご、ごめんなさい……！」

大変だ。これは相当パチキレている。

ぬいぐるみの一軍昇格システムにあんまり興味がなかったせいで、すっかり意識がメールの方に向いてしまった。糸の性格を知っていながら、とんだ失態である。

糸《いと》は、話をいい加減に聞かれることが嫌いだ。

付き合っていた頃にもこういうことはあった。糸は相手が自分の話をどれほど真剣に聞いているのか察するのがうまく、いい加減に聞いていれば相槌《あいづち》や表情ですぐに分かるという。

もちろんそれを指摘するのはかなり距離の近い人のみだ。

糸にとってのそれは仲の良い女友達、そして僕が該当する。

なので別の方向へ意識を向けたまま話を聞いていると、糸は「話聞いてないよね？」「この話つまんない？」「耳ちぎるよ？」などエッジの効いた言葉を突きつけてくる。

あげく話を聞き流しながらラーメン屋に意識を向けていた際には「あのお店を破壊したら、私の話聞いてくれる？」などとメンヘラ破壊神のような脅しをかましてきた。

そして本日もまた僕は、糸のセンサーに引っかかってしまった。

「ね～そんなにつまらなかった？　ぬいぐるみの一軍昇格システムの話。悲しいねぇみんな。頑張って一軍になったのにねぇ。冬《ふゆ》くん、みんなに謝ってよ」

「み、皆さま、すみませんでした……」

「そんなことヨリっ、コミッショナー糸ちゃんに謝ってヨ！　一生懸命説明してたのにサっ！」

「申し訳ございません、コミッショナー……」

糸は僕に跨《また》がって見下ろしたまま、ぬいぐるみの代弁も交えつつ罪悪感を刺激し続ける。

この様子から察するに、過去イチでパチキレている。お気に入りのぬいぐるみに関する話を

いい加減に聞いてしまったせいだろう。

当然これは自業自得。糸《いと》からの批判もぬいぐるみからの誹謗中傷《ひぼうちゅうしょう》も甘んじて受け止めるつもりだ。ただこの体勢、騎乗位みたいでちょっと興奮するからチェンジしてほしい。

ふと、顔のそばで何かが振動した。糸のスマホだ。

その直後、糸がスマホの画面を見て「ヤバっ」という顔をしたのを、僕は見逃さなかった。

タッチの差で僕は糸のスマホを奪う。

「あっ、ちょっと……！」

「ん？　姫路《ひめじ》編集長……編集長ぅ？」

「ち、違うんです、これはですね……」

まるで浮気の決定的証拠を見られたよう。糸は絵に描いたようにあたふたとする。

僕はそのチャット内容を、通知から読めるところまで目を通す。

「おやおや糸さん？　僕は編集業務についてよく知らないですけど……この内容はどう見ても、仕事のやり取りですよねぇ？」

「い、いや違くてですね。ちょっと記事のアイデアを思いついて……編集長は土日でもラインオッケーな人だから、ちょこっと……」

「ちょこっと、なんですか？」

「うぅ……あ、ちなみに編集長は女性だよ？」

「んなこたどうでもいいんだオラァ！」

「ひぃぃ！」

僕は糸の胸元を摑《つか》んでグッと真横へと引き倒し、その上に跨《また》がる。物理的にも精神的にも形勢逆転のマウントポジションである。

「糸さ〜ん？　もしかしてさっきスマホぽちぽちやってたのって、姫路さんへのお仕事ラインだったんですか〜？」

「だ、だって忘れちゃうと思って……」

「ひどいでゴンス！　仕事しすぎだって冬《ふゆ》くんが心配してくれたのに、あんまりでゴンス！」

「ううぅ……そんな野太い声じゃないもん……」

一軍の変なウサギに代弁させると、また別のベクトルで効いていた。

と、ここで糸がハッとした顔をして僕の両腕を摑む。

「てか、それとこれとは別ですよねぇ〜！　冬くんが私の話も聞かず仕事のメールを読み読みしていた件が、まだ片付いてないんですけどぉ〜〜〜!?」

「うっ……」

図星を突かれ気圧《けお》されたのも束《つか》の間《ま》、僕は引き倒され、再び上下関係が逆転。糸がマウントを取る。ターン制バトルかよ。

そうしてしばし僕と糸は、精神的かつ物理的なマウントの取り合いを繰り広げていた。

そもそもどちらにも非はあるのだから互いに謝ればいいのだが、むしろ屁理屈《へりくつ》の重ね合いが滑稽《こっけい》で楽しくなってきてしまった。

糸《いと》も同じ気持ちだったのだろう、不毛な討論はしつこいくらいに続いた。

最終的には、マウント疲れで両者ともノックダウン。ベッドに倒れ込むのだった。

「今日はこれくらいにしといてやる……でもこれだけは言わせて。ごめんね」

「謝っちゃったよ。でも僕も、ごめん」

「へへ、なにやってんだろ私たち……あれ？」

糸が窓を指差す。見ればカーテンの隙間《すきま》から、陽が差し込んでいた。

「雨、上がったんだ」

「おー、やった。これで外行けるじゃん」

「いま四時前だから、駅周辺なら全然遊びに行けるね。どこか行きたいところある？」

「そういえば、ジャージが欲しいんだった」

「おっ、ジムにでも通うんですか冬《ふゆ》さん」

「いや、冬用の部屋着を買わないと。この前衣替えしたらジャージに穴あいててさ」

「もしかして、いっつも着てたあのナイキのやつ？　アレまだあったんかい」

目的がひとつ定まったので、とりあえず何でも揃《そろ》っていそうなラゾーナ川崎《かわさき》にてブラブラとすることに決定。そこから僕らはスマホ片手にラゾーナ川崎へ思いを馳《は》せる。

「あ、このお店ラゾーナにできたんだ。ここも行きたーい」

「夕飯もこの中でいいな。昼はテキトーだったしガッツリ食いたい」

「ケーキも食べたいから、その後でカフェも行こー」

「お、ゲーセンもあるじゃん。またお友達増やすか」

「えー、即戦力で一軍入りできる子はいるかなー？」

怠惰な雰囲気はどこへやら。今僕と糸は社会人に残された月曜日までの猶予をいかに有意義に過ごすか、夢を語り合う学生のように話していた。

そうして話がまとまると、マウント合戦による体力消費を補うため、少しだけ休むことに。

雨上がりの陽の光が、レースのカーテンを介して僕らを包み込む。

外出までの束《つか》の間《ま》の休息。怠惰のロスタイム。

僕らは無邪気に、抱き合うように横たわる。

するといつしか――スヤァ。

僕らは寝た。三度寝ののち昼寝である。

起きた時にはもうとっぷり。夜の帳《とばり》ダダ落ち。

「…………………」

僕も糸も、目が死んでいた。

その後、僕らはウーバーでマックを届けてもらった。
糸《いと》は本日、一歩も家から出ないという快挙を達成。目は死んでいた。
僕は川崎《かわさき》から帰宅すると、穴のあいたジャージに着替えた。
本当にもう、どうしようもねぇ日曜日であった。

第五話 タバコ

糸《いと》は、酔った状態でのフェアリーテイルが嫌いだ。

理由は、全ての言葉や行為がウソっぽくなるから。

でも、会っては酒を酌み交わす関係である以上、そういうことはよくある。糸も最近はあまり咎《とが》めてこなくなった。大人になったことで、少し考え方が変わったのかもしれない。

フェアリーテイルに対して、僕らはあの頃よりもずっと、ラフな印象を持っている。

それでも、いやだからこそ、絶対に踏み外してはならないラインを僕は意識している。

僕と糸は恋人ではないが、恋人以下でもないのだから。

＊＊＊

「……うわぁ」

「これは……マズいですねぇ」

面談室にて打ち合わせ中、ふたつのノートパソコンへほぼ同時に届いたメール。それを確認した僕と市川《いちかわ》さんは揃《そろ》って、もう笑うしかないという笑みを浮かべた。

老舗《しにせ》ゲーム会社の新卒三年目。そんな僕の仕事はスマホＲＰＧのディレクションだ。役職としてはディレクター補佐。実質はディレクターをはじめとした上の方々の奴隷である。

夢だったゲーム会社に就職し、希望に満ちていたのは約半年ほど。それからは社会の現実と僕の理性による凌《しの》ぎ合いの日々が続いている。

それでも幼少期から自分を救ってくれたゲームを作るという喜びを剣に、やりがいを盾に、やりたい仕事ができるようになった糸のイキイキした姿から湧《わ》き上がるモチベーションを魔力に、僕は剣と魔法と理不尽と税金のＲＰＧすなわち社会人生活を全うしていた。

そこへ襲来した新たなモンスター。

トップダウン型マネージャーというホブゴブリンが暴れ出した。

「ひと目見たときから、そんな匂《にお》いはしてましたけど……」

「いきなりフルスロットルでブチかましてきたねぇ……」

僕と市川さんが見ているメール、その差出人は十月に部署の統括マネージャーに就任した、女性上司だ。

メールの内容は、来年に控えたゲーム内バレンタインイベントの企画書のリテイク要望。

一年中稼働しているソシャゲにおいて、季節ごとのイベントは重要な商機だ。

特に男性層が多いゲームにおいてバレンタインは当然女性キャラが花形となるイベントで、女性キャラの可愛《かわい》い衣装をユーザーは心待ちにしている。

そんな期待を裏切らない、安心安全のバレンタインイベントの企画書。

それをホブゴブリンはひっくり返そうとしていた。

「バレンタインに男性キャラのガチャ……流石《さすが》にこれは……」

「女性層をもっと獲得したいってことでしょうけど、キツいですねぇ。いかにも突飛な発想が面白いと思っていそうな人の意見だ」

ゲーム内には当然男性キャラも多く、それらが『推し』のユーザーも多い。基本的には女性が大多数で、彼女らからしたらバレンタイン衣装の男性キャラ実装は良きサプライズだろう。

それが、ゲームユーザー全体の希望を叶《かな》えるかどうかは別として。

「まぁ私も、バレンタインガチャで推しがきたら完凸まで回しますけどね」

「あぁ、市川《いちかわ》さんはそうだろうね」

「でも私の推しは新バージョンが実装されたばかりなんで、いずれにせよ今回は出番ないですよね。なら普通に良い匂《にお》いがしそうな女子の可愛《かわい》い衣装がいいです。冬は女の子を可愛くしますからね。当然推しも可愛くなりますけど。むしろ全季節、毎秒可愛いですけど」

己の欲に忠実な市川さんは、偏りまくりの意見をつらつら語っていた。

キンキンの金髪に真っ白な肌、全体的にちまっとしたサイズ感。数か月前にはブラックな仕事で心の健康を害し、退職しかけていた市川さんだが、今ではこうして推しをめっちゃ早口で語るくらいには元気を取り戻していた。

それどころか、この十月からデザイン班のサブリーダーになった。

二十二歳にしてサブリーダーとは出世が早い、と言いたいところだが、単に人手不足という悲しい現実がのしかかってる。ただもちろん市川さんの能力を評価しての任命である。

「ま、サブリーダーなんて実質リーダーをはじめとした上の方々の奴隷ですけどね」

僕と同じことを思っていた。僕と同じ目の色をしていた。強く生きよう、共に。

それはそれとして、喫緊の問題はホブゴブリンのご乱心だ。

「いわゆるトップダウン型の上司……噂《うわさ》には聞いてたけど、実際に遭遇したのは初めてだ」

「しかも別の畑から来たゲーム業界ビギナーですからね……怖っ……」

新統括マネージャーは、弊社のプロモ系の部署から異動してきた。元々はアニメ業界大手から転職オファーを受けて来たらしい。つまりはゲーム制作に関する経歴はない。

僕も新卒三年目なので社会人経験は薄いが、『他の畑から来たトップダウン型の上司』という字面の恐ろしさは、漠然と想像できる。

「いやほんと、笑い事じゃないですよ。たったひとりの無能な権力者によってゲームがサ終に追い込まれること、よくあるらしいじゃないですか」

市川さんは「マネージャーが無能かどうかは、まだ分かりませんけど」とかろうじて補足。

ふたりきりの面談室とはいえ、なかなかに過激な毒舌に僕はヒヤヒヤである。

「とりあえず、ここはディレクターやらプロデューサーに頑張ってもらおう。早急に押さえ込んでもらってね。スケジュールだって余裕ないんだし」

「いやー、でも私はなんか、山瀬《やませ》さんが貧乏くじ引かされそうな気がするなぁ」

「え、僕？　どういうこと？」

「山瀬さん、マネージャーと同じ大学ってことでちょっと話盛り上がってたじゃないですか。正直、けっこう気に入られてると思いますよ？」

「……もしかして、だから僕が交渉役になるって？」

市川《いちかわ》さんはからかうようにヘラっと笑っていた。

「いやーそりゃないでしょ。流石《さすが》にディレクター補佐の職務の範囲を超えてるって」

「職務の範囲なら、これまでも超えてきたじゃないですか。私の引き留めとか」

「返しにくいわ」

自虐に対して素直な感想を述べると、市川さんはころころと笑うのだった。


僕が入社する一年前に配信された件《くだん》のスマホゲームは、立ち上がりこそ低調なものだった。リリース直後は「どこかで見たことある」「全体的に地味」「もって一年」などと揶揄《やゆ》され、正直僕自身もこのプロジェクトに配属された時は負け戦に参加するような気分だった。

しかし、派手さはないが戦略性が高いゲームシステムや、完成度が高くキャラの魅力が存分に活かされたシナリオなどが評価され、じわじわと人気を集めた。

そうしてリリース四年目にして、やっと安定軌道に乗ったのだ。

その過程を内側から見てきた身として、まだ知り合って間もないマネージャーには悪いが、余計なことをしてくれるなというのが正直な気持ちだ。

バレンタインは女の子キャラが可愛《かわい》けりゃ良いのよ。突飛なのもたまには当たるけどさ、今ユーザーが求めているのは刺激じゃなくて安心感なのよ。バチバチにスパイスがキマった激辛カレーじゃなくて、実家のカレーなのよ。実家のカレーなんて思い出したくもないけど。

と、僕なりの意見は持ちつつも、本件には関わりたくないというのが正直なところだ。

触らぬホブゴブリンに祟《たた》りなし。もっと上の方々に何とかしてもろて。

そんなわけで部署内での僕は「奴隷ですので上の決定に従いますぅ」といったなすがまま、大いなる流れに身を任せるスタンスでやり過ごすつもりでいた。

が、僕が何をしたのか、そうもいかなくなった。

「え、僕がマネージャーに……？」

昼食をとりながらの、直属の上司の思いもよらぬ提案に、僕は動揺した。

なんか前にもあったな、これ。

ディレクターがランチに誘ってくる時点で嫌な予感はあった。この男は清々《すがすが》しいまでに損得勘定で生きている。損得勘定から手足が生え、酸素と加熱式タバコを吸って生きている。あと最近は車を買ったらしいので排気ガスでも吸ってろ。

そんな男がタダで飯を奢《おご》るはずがない。分かっていたはずだが、一食分の食費が浮く誘惑には勝てなかった。前回、市川《いちかわ》さんを説得させられた際は近くの定食屋だったが、今回は社食。前より安上がりになってんじゃねえか。

ディレクターはとんこつラーメンに胡椒《こしょう》を山ほどかけ、チャーシューなどの具材を丼《どんぶり》の底へ潜らせるようにかき混ぜる。そしてテーブルに汁を飛び散らせることお構いなしで、ズゾゾーと激しく啜《すす》る。こういう食い方するヤツ、ほんと嫌いだわー。

ディレクターの要望は市川さんの予想通り、マネージャーへの交渉だ。

「なんで僕が……？」

「山瀬《やませ》くんとマネージャー、仲が良いらしいじゃないか。同じ大学だとかで」

もうそんな噂《うわさ》まで仕入れたか。情報収集能力だけは一丁前だな。

「それに今回の企画には、山瀬くんだって構想段階から関わっていただろう」

あんたもな。

「なら山瀬くんが交渉するのが一番だろう。マネージャーがウチのプロジェクトでうまくやっていくためにも、ここできっちりとノーを突きつける必要がある」

それもあんたの仕事だろ。

「ゲームのためであり、ユーザーのためだ。よろしく頼む」

はい出たハラスメント。何らかのハラスメント。断れないように罪悪感を植えつけてコントロールしようとするヤツ。うまく操ってると思ってるんだろうけど、全部勘づいてるからな。絶対に忘れないからな。笑い話にもさせねえぞ覚えとけ。

というわけで次回、かなり立場が上の女性上司に盾つくの巻。


大学三年生の頃、僕はタバコを吸っていた。

恥ずかしいほどありきたりだが、大人の仲間入りできると思って吸い始めたのだ。

正直あまり自分に合っているとは思えず、吸ったとしても一日に一～二本程だった。そんなだから一年足らずで吸わなくなった。持ち歩いていると糸《いと》が興味を持って吸いたがったので、彼女の健康にも悪いと思いやめたのだ。

それからずっと喫煙者の自覚はない。だが僕の仕事カバンには、常にタバコが入っている。

タバコはコミュニケーションツールとしては、バカにできないからだ。

喫煙室の中は、いつでも謎《なぞ》の連帯感がある。顔見知り程度の上司が喫煙室で僕を見つけると「おお、君も吸っていたのか」とマイノリティ特有の仲間意識からか嬉《うれ》しそうな顔をし、業務の裏事情やプライベートのことなど、デスク周りではまず聞けない本音を話してくれる。

僕は社内やこの業界の情報通になりたいと思っている。なので時たま喫煙室を覗《のぞ》いて、気に入られたい上司や話を聞きたい同僚がいれば、凸《とつ》ってはタバコをふかして世間話をしていた。

ただ最近は加熱式タバコ使用者の方が多く、副流煙を出さなくなった彼らからしてみれば、同じ喫煙室で紙巻きタバコを吸われるのは嫌らしい。勝手な話である。

加熱式タバコを買うべきか。でも喫煙所トークのために、高い加熱式タバコに手を出すのはアホらしい。どうしたもんかと、最近けっこう悩んでいる。

そんな中、僕の紙巻きタバコが役に立つ時が、久々にやってきた。

「あら、山瀬《やませ》くん」

「おやマネージャー。すみません、ご一緒していいですか？」

喫煙室にて、ほそーい紙巻きタバコを吸う例のマネージャーを発見。途端に僕はかしこまったフリをする。マネージャーは笑顔で応えた。

「もちろん、はいどうぞ」

「ひえぇ、すみません！　いただきます！」

マネージャーのライターから火をもらい、僕も煙をくゆらせる。

天気の話題や大学の話題にて、ふたりの間の雰囲気を軽く和らげる。マネージャーは口紅がベットリついた吸い殻を捨てたのち、次の一本にも火をつけた。

そこで、僕は仕掛ける。

「そういえば、あの企画書の件ですけど」

もちろん偶然遭遇したわけではない。マネージャーと企画に関する交渉をするため、喫煙室に入るタイミングを見計らっていた。

マネージャーの席から喫煙室への経路には、我らが市川《いちかわ》さんの席がある。そこで彼女からの密告チャットを受けて、僕も喫煙室へ突入したのだ。

市川さんにこの件を相談した際、「すみませんね。冗談が本当になって」と笑いを堪《こら》えながら言っていた。最近思うのだが、市川さんはちょっと僕のことをナメている。

それはそれとして。僕の渾身《こんしん》の一球目に、マネージャーは首を傾《かし》げた。

「うん？　どの企画書だっけ」

「え、あの、バレンタインの……」

「あー、はいはい。他のプロジェクトの企画も見てるから、こんがらがっちゃってね」

その程度の意識なんかい、なんて気持ちはもちろん表情に出さない。

「マネージャーの代案ですが……正直厳しいところがありまして……」

「……なんで？」

わずかに空気がピリつく。マネージャーは見定めるような目だ。

きっとこの人には、どうせ理屈で話しても埒《らち》が明かない。

売り上げなどを絡めた今後の戦略は、ディレクターなど上の連中が時間をかけて彼女に理解させていけばいい。ていうか最初からそうしとけや。こちとら新卒三年目だぞ。そこまで職務の範囲を広げる気はない。

なのでここはひとまず、臭いものに蓋《ふた》をするだけでいい。

「いやー、実はバレンタイン衣装のイラストなんですけどね……すでに担当イラストレーターさんに根回ししていまして……」

「……え?」

「お得意様の人気絵師さんなんで、ここで反故《ほご》にしてしまうと信用問題が……」

僕らが作っているゲームの登場人物、そのキャラデザは多数のイラストレーターさんに委託している。つまり同じゲームでもキャラによって絵柄が全然違う。

新たなガチャキャラを作る際は、その度イラストレーターさんに発注するのだ。

だが、多くの案件を抱える人気のイラストレーターさんであれば、いつ描いてもらえるのか分からない。そこで企画段階で、この時期空いてますかと根回しすることはある。

ただ、今回はしていない。つまりはハッタリである。

それでも諦《あきら》めさせるには有効な嘘《うそ》だろう。企画について忘れるくらいだ。トップダウンで上から指示はしても、下まで降りてきて諸々《もろもろ》確認するようなことは、きっとしない。

もしバレたらディレクターのせいにしよう。

「…………」

マネージャーは無言。眉間《みけん》にシワを寄せながらタバコを吸い、ため息と共に煙を吐く。

「あーそう。なら仕方ないわね」

マネージャーは、案外なんでもなさそうに言った。僕は心で大きく安堵《あんど》する。

よかった。思ったよりあっさり引き下がってくれた。物分かりが悪いわけではないようだ。

あとはこのタバコがもう数センチ焼け落ちたら、ヤニくさい喫煙室から脱出しよう。

そう考えてると、なんとマネージャーはさらにもう一本、火をつけて吸い始めた。

その血のように真っ赤な口紅が塗られた口からは、煙だけでない有害物質が放たれ始める。

「だからダメなのよねぇ、この業界は」

マネージャーは眉間と口元に深いシワを作る。

「男性ユーザーに依存しきりのタイトルじゃね、いつまで経っても成熟しないのよ。強いコンテンツを作るにはいつだって女性層の獲得がマストなの。女性は自分の好きなキャラや箱にはひたすらお金を落としてくれるんだから」

「あー、そうなんですよねぇ」

「みんな幻想を追うのが好きなんだからさ、心地よく錯覚させて『好き』の気持ちを利用するくらいじゃないと。私が関わってきたメディアはだいたいそれで成功してきたわ」

交渉を終えたかと思ったら、愚痴と成功話の聞き役という第二ラウンドがスタート。何らかの手当てが出ないだろうか。お耳汚し手当てとか、副流煙手当てとか。

ただまぁ、愚痴を聞くくらい安いものだ。

今回の件で、プロジェクト内での僕の評判は上がるだろう。このマネージャーと交渉して、無事安パイの企画を勝ち取れたのだから。

この調子で僕の支持者を増やしていって、いつかこのプロジェクトを裏でコントロールするくらいには暗躍してやる。今に見ていろディレクター、僕にもっと高い昼ご飯を奢《おご》っていれば良かったと後悔させてやるからな。

そんな策略を脳内で渦巻かせつつ、マネージャーの毒にも薬にもならない話に、丁寧に相槌《あいづち》を打ってありがたく聞き入っているフリをする。

喫煙室というのは本音が出る場所だ。彼女は今まさに普段なら理性のフィルターを一枚かけて話すような内容を、剝《む》き出《だ》しの状態で発している。

ひとつやふたつの成功体験で、よくここまで自信が持てるな。それだけ傲慢《ごうまん》でいられれば、もっと愉快に生きられるのだろうか。前に糸《いと》と話した気がするが、やっぱりこの世界は鈍感で自分勝手な人ほど生きやすいのだろう。

でもこの醜《みにく》い姿を見ていると、あまり羨《うらや》ましいとは思えないな。

「同じ畑ばかり意識してはダメなのよ。あらゆる方面へアンテナを向けないと。あなた最近、ゲーム以外のところから何かインプットしてるの？」

突然質問が飛んできたので、慌てて頭を相槌モードから切り替える。

「ええっと、そうですね……映画とかは観《み》るようにしていますね」

「最近は何観たの。劇場でよ？」

直近では、糸と観に行った映画二本がそれに該当する。その内の一本は終盤、糸の乱心を食い止める劇場プレイへと発展してほぼ覚えていないので、もう一本の方のタイトルを告げた。

糸が、今年一番と絶賛していた映画だ。

「あー、アレ？　意外と地味な映画観るのね」

「ええ、まぁ……」

「でもアレ、つまらなかったでしょ。単調だし地味だし。結局何が言いたいのかよく分からないし。独りよがりの私小説を読んでいる気分になったわ」

マネージャーも観たらしく、半笑いで一蹴《いっしゅう》する。

僕もあまり理解はできなかったので、反論する資格はない。ただそこまで感情的になるほど嫌ではなかった。分からないから嫌いだとは、少なくとも僕は思わない。

何より糸が好きな映画をコケにされるのは、気分が良くない。

「はは……まぁそうですね」

それでもこの場はテキトーに肯定しておく。

僕も、自分の気持ちにたやすくウソがつけるようになったものだ。

「第一アレさ、絶対に親とか家族にコンプレックスがある人が作った映画でしょ。観ていたらだいたい分かるわ」

「あー、そんな匂《にお》いはしましたねぇ」

「そんな人がまともな映画を作れるわけないんだから」

「ほう、というと？」

「だって親の愛情を受けずに育った人間って、どこか欠陥を持ってるでしょ」

「……あー、ははっ」

「話していたらだいたい分かるもの。親に感謝できない人生なんて、可哀想《かわいそう》よね」

そこまで言うと、マネージャーは「長居しちゃったわ」とタバコを灰皿に投げ入れる。「今回の企画書は、もう好きにしていいわ」と吐き捨てると、この場を後にした。

「………………」

ひとり喫煙室に残った僕。

ふと気付いたら、持っていたタバコが大きな灰を作って、床にボトッと落ちた。

喫煙室は本音が出る場所だ。

でも、そんな本音は求めていなかった。

「あっ、山瀬《やませ》さん」

喫煙室からの帰り道、給湯室に市川《いちかわ》さんがいた。

市川さんは僕へ一歩近づくと、ピタリと止まって意地悪そうな笑みを浮かべる。

「山瀬さんタバコくさーい」

「あー、ごめん。けっこう長いこと入ってたから」

「あはは、冗談ですよ。交渉お疲れ様でした」

市川さんは周囲にマネージャーがいないことを確認して、真摯《しんし》な表情で尋ねる。

「それで、企画の方はどうなりました？」

「うん。元の企画書でいいって」

「おぉー、流石《さすが》は交渉人・山瀬さん！　ていうか本当にすごいですね、みんなも喜びますよ。ユーザーさんも含めて」

「うん。一日くらい進行が遅れちゃったからね。頑張らないと」

そう言って僕は、タバコの箱をゴミ箱に捨てた。市川さんはめざとく指摘する。

「あれ、まだ何本も入ってますよ？　いいんですか？」

「うん、もういいんだ。タバコはやめる」

「え、あ、もしかして……」

市川さんは急に顔を青ざめさせる。

「さ、さっきのは本当に冗談ですよ山瀬さん⁉　全然臭くないですって！　ヤニハラとか全然思ってないですからねえ！」

勘違いして勝手にオロオロする市川さんをたしなめつつ、僕らはデスクの方へ戻った。


その夜、僕はひとりで呑《の》んだ。

チェーン店の居酒屋で、際限なく呑み続けた。

明日も平日。良い子の社会人はほどほどに抑えなければいけないが、歯止めが利かない。上司に嫌なことを言われて飲み潰《つぶ》れるって、典型的すぎないか僕。

別に仕事で失敗したわけじゃない。むしろ成功したと言って良いだろう。あの後、いろんな人から褒《ほ》められた。職場における心象は間違いなく上がった。

「何、ムキになってんだよ……」

外でひとりで飲む機会は多くない。なぜならすることがないから。家での晩酌ならゲームをしたり動画を見たり、気ままにリラックスできる。だが居酒屋だとそうもいかない。こうした独り言も虚《むな》しいだけだ。

リリーさんの店に行こうかと迷ったが、今の僕ではきっと深酒をして迷惑をかけてしまう。あそこは僕にとっても糸《いと》にとっても大切な場所だから、こんな感情を持って行きたくない。

僕は他人に迷惑をかけたくない。それが自分のためでもあるから。

でもこうしてひとり、意味もなくスマホをいじっていると、自然とラインを開いてしまう。そうして幾ばくか逡巡《しゅんじゅん》しては閉じるを繰り返している。

今、糸に連絡を取ってはいけない。

ラインしてはいけない。声が聞きたくなるから。

声を聞いてはいけない。会いたくなるから。

会ってはいけない。たぶん、ヤッてしまうから。

糸は、酔った状態でのフェアリーテイルが嫌いだ。

理由は、すべての言葉や行為がウソっぽくなるから。

でも、今フェアリーテイルしてしまえば、僕はウソなんかよりももっと醜《みにく》くて、自分本位な感情で糸を汚してしまう。

僕らは恋人同士ではない。でも恋人以下でもない。

目と目が合って流れるようにヤるのはいい。飲んでいるうちにそういう雰囲気になってヤるのもいい。ふざけたキスの延長で戯れるみたいにヤるのもいい。

でも、個人的な鬱憤《うっぷん》を晴らすためにヤるのは、ダメだ。

僕らにとってフェアリーテイルは、ラフなものではあっても、独りよがりなものであってはならないのだから。

ポコン、と手に持つスマホが鳴り、反射でタップ。直後に後悔する。

『しごおわー。お腹《なか》すいたー』

糸からのラインだ。しまった、既読をつけてしまった。なんでこんなタイミングで、送ってくるんだよ。

『冬《ふゆ》さんは何食べたー？』

僕は、ひとつ深呼吸。ラインだけなら大丈夫。既読スルーして変に心配させるより、ちゃんと返した方がいい。震える指で文字を打ち込んでいく。

だが酩酊《めいてい》状態にあるせいで、ウソをつく余裕もなかった。

『今ひとりで飲んでる。トリキ』

『えーいいなー。私も飲みたーい』

「あ、ヤバいヤバい……」

独り言をこぼしながら、おしぼりで額を冷やしながら、必死に言葉を選んだ。

『もうお腹《なか》いっぱいでお店出るところだから、また今度ね』

『あらー』

『明日も仕事だし、ごめん』

『りょーん』

最後に変なウサギが疾走している変なスタンプが糸《いと》から送られ、ラリーは終了した。

僕はホッと一安心し、タッチパネルのお会計ボタンを押した。


しかし、マンションのエントランスに着いた時だ。

「ふーゆくん」

「え……」

聞き覚えのある、だがここにいてはいけない人の声。驚いて振り向いた瞬間。

「んんっ……!?」

キスされた。

「イエーイ、キャンペーン」

「い、糸……？」

まだ続いてたのかキャンペーン。いやそんなことはどうでもよく。

糸がいる。その顔は寒さでか、ほんのり赤らんでいた。

僕は思わず後退《あとずさ》り。糸に触れてはいけないと、酩酊してグラグラ揺れる理性が叫ぶ。

今日はもう、何もかも思った通りに進んでくれない。

「あはは、顔真っ赤。何杯いったんすか冬《ふゆ》さーん」

「な、なんで……？」

「んー、なんとなく？」

「なんとなく……？」

「ごめんウソ。冬くん、ちょっと今、やられちゃってんじゃないかなって。心が」

「え……」

意味が分からない。考えようとしても、頭がフワフワして思考が定まらない。

「ラ、ラインだけしか……」

「ラインだけでも、ぼんやり分かるよ」

糸は、自信のある得意げな顔で、はつらつと言い放った。

「だって私は、『言葉の人』だからね」

糸《いと》に腕を引かれて、エレベーターに乗せられる。

鍵《かぎ》を開けると、糸は暗い廊下をツカツカと歩き、リビングの照明のボタンをさも自分の家のように一発で押す。

そして、こちらを振り向いて大きく手を広げた。

「おいで冬《ふゆ》くん」

僕はまるで、飼い主を見つけた老犬のようにゆっくりと歩み寄り、糸を抱きしめた。

「んん……ちょっとタバコくしゃいね」

「ごめん。でももう、今日でやめたから」

「そっか」

この社会の輪郭は、触れれば触るほどいびつさが分かって、気持ち悪さを覚える。

でも糸の温かな柔肌に触れて、形を確かめるように抱きしめ合うその時だけは、自分がここにいていい存在なのだと、強く感じられた。

一晩を共にしたが、なぜ心がやられちゃったのかは、糸には明かさなかった。

五千円、払いたくなかったから。

シーシャバーQuasar臨時店員・花屋敷さんの屈託①

ご無沙汰《ぶさた》しております。花屋敷《はなやしき》です。

戸越銀座《とごしぎんざ》商店街から一本入った路地裏に店を構える純喫茶ユニコーンにて、ウェイトレスとして普段は働いております。

十二月を目前にして、いよいよ冬の到来と言わざるを得ません。陽が落ちるのもあっという間になり、吹きすさぶ風は冷たく、街路樹の葉を次から次へ落としていきます。

時が過ぎるのは早いと口癖のように言っておりますが、もう残り一か月ほどで年が変わってしまいます。新たな年へ向け、できるだけ後悔のない日々を過ごしていきたいですね。

さて、そういった意識が影響しているのかいないのか、本日私はイレギュラーな場所で働いております。戸越銀座から徒歩十五分ほど、五反田《ごたんだ》にあるQuasarという名のシーシャバー。

私の同居人が経営しているお店です。

「麻理《まり》。このお酒の瓶の並びって、何か統一性あるの？」

「え、別に」

「やっぱり。なんだか見ていてムズムズすると思った」

「いいのよ。何がどこにあるか、私が全部覚えていれば」

「うわ、ちょっとこの瓶ベトついてるじゃない。拭《ふ》きなさいよ」

「はは、まるでウチにいるみたいね」

ゆったりと優しく笑う麻理の顔色は、薄暗い店内では分かりにくいですが、見るからに悪いです。もともと病人のように白い肌ですが、それがさらに青白くなっております。

「ねぇ、やっぱり今日は閉めた方がいいんじゃない？」

「何回言わすの。この程度の体調不良で休んでたら、私は年間の半分以上休むことになるわ。人気が出て調子に乗った魚介豚骨系のつけ麺《めん》屋じゃないんだから」

「やけに具体的な例をどうも」

確かに麻理は年がら年中不健康そうな顔をしていますが、今日は特にひどいです。

家を出る前に体温を計らせましたが、彼女は結果をひと目確認すると、すぐに体温計を私の目の届かないところへ隠しました。子供かと。

それでも出勤した裏には、麻理の経営者なりの矜持《きょうじ》があります。

なぜなら本日は、十一月二十五日。

「給料日よ。そんな日にお店を閉めるなんてありえないわ」

「はいはい、立派立派」

こんなワーカホリックな麻理のために、本日私は臨時店員あるいは麻理の保護者としてこのお店にいるのです。麻理のためだけでなく、自分のためでもあるのですが。

「でもそう言う割りには……店を開いて一時間経っても閑古鳥が鳴いているけれど」

「スロースタートなのよ、この店は」

「なら開店時間を遅らせればいいじゃない」

「余計なことを言うのはこの口かしら？」

麻理《まり》は流れるように顔を近づけてきました。鼻と鼻があたり、唇が触れ合うまで数センチ。肉食獣のように挑発的な瞳《ひとみ》が私の瞳を捉《とら》えて離しません。

「……口紅が乱れるわ」

私の注意など聞かず、麻理は私の腰まわりをいやらしくさすります。

「似合っているわよハナ。ユニコーンの制服もいいけど、ウチの民族衣装も、そそられる」

「あら、スカウト？」

「ふふ、ええそうね。お嬢さん、ウチで働いてくれませんか？　今日だけなんて言わず、これからもずっと、私の隣で……」

その時、お客さんの来店を告げる鈴の音が鳴りました。

私はつい慌てて、手や足をバタバタとさせながら麻理から離れます。そんな私が滑稽《こっけい》なのか麻理はクスクスと笑います。その様子が憎たらしく、私は彼女に背を向けて階段を下りてきたお客様をお迎えしました。

思わず、ギョッとしてしまいます。

「こんばんはー……え？」

現れたのは、冬《ふゆ》くん。フランクに挨拶《あいさつ》した彼は、私を見た途端にキョトンとします。

マズいです。これは非常にマズいです。

冬くんは、私が普段働いている純喫茶ユニコーンの常連さんです。そしておそらくこのシーシャバーQuasarの常連でもあります。私が臨時で働いている今日この時に来店する可能性も、十二分に考えられました。それをすっかり失念しておりました。

冬くんは私を見つめたままピタッと停止。永遠のように感じた間を経て、口を開きます。

「え、この店ってリリーさん以外に店員さんいたんですか？」

おや？

「いらっしゃい。ええ、たまにだけどね」

「そうなんですね。初見なのでビックリしました」

おやおや？

「あ、初めまして。たまにこの店にお邪魔している者でして」

「は、はい……いらっしゃいませ」

よかった――。冬くんが鈍感でよかった――。

ユニコーンのウェイトレスだとは気づいていないようです。普段の制服とまるで異なるこの民族衣装に、顔をうっすらと隠すベール、さらには薄暗い店内環境のおかげでしょう。

バレてどうなるということもありませんが、凄《すさ》まじく恥ずかしい思いをするところでした。よかったです。失礼ですが何度でも言います。冬《ふゆ》くんが鈍感でよかったです。

そういえば、糸《いと》ちゃんがいませんね。カップルのようでカップルでない不思議な冬くんと糸ちゃんは、このお店でもセットだと思っていたのですが。

私のそんな疑問を、麻理《まり》が代弁します。

「今日は冬くんひとり？」

「はい。今日はその、前に話したことの続きというか……経過報告できればと」

「あら、いいわね楽しそう。都合よく他のお客さんもいないし、よかったわね」

続き。経過報告。

私にはよく分かりませんが、どうやら麻理と冬くんの間で共通の話題があるようです。

正直、興味があります。ただ私も聞いていいのでしょうか。

「この子もいるけど、大丈夫？」

私の持つ疑問や懸念を、麻理はおおよそ先回りしてクリアにしてくれます。

嬉《うれ》しいような、悔しいような。

「全然大丈夫ですよ。変な話を聞かせちゃうかもですけど……そういえば、お名前は？」

「っ！」

これまた失念していました。冷や汗が背中を伝っていきます。

芸名？　源氏名？　とにかくこの店の店員としての名前を、考えていませんでした。

麻理がよく言う私のあだ名はハナ。ですが花屋敷《はなやしき》という私の本名を、きっと冬くんは覚えています。ヒントを与えるような名前は避けたい。

「フ、フラ……」

「フラ？」

フラワーと言いかけて、迂闊《うかつ》な自分を呪《のろ》いました。まんまです。英語にしただけです。

大パニックに陥った私の脳は、とっさに名乗りました。

「フランキーです！」

「フ、フランキー……男性みたいな名前ですね……」

「……え、ええよく言われます」

「しかもリリーさんと、フランキーさんって……」

「…………」

恥ずかしいです。穴があったらお知らせください。私が入りますので。

ちなみにここまでのやりとりを、麻理は目を見開き必死に笑いを堪《こら》えながら見ていました。

あぁはたきたい。そのビロードのようになめらかな頬《ほお》を、ひっぱたいてやりたい。

いずれにせよ私は、大恥をかく運命なのでした。

第六話　ゲーム

土曜日の朝。食器を洗っていると、糸《いと》がのそのそと僕の後ろを通過する。

「おっはーん……」

「うん、おはよう」

糸はふわふわした口調で挨拶《あいさつ》を交わすと、トイレへ入っていった。

ジャバーっと流水音が聞こえ、扉の開く音が聞こえ、糸が大あくびする声が近づいてくる。

そして僕の背後にぴったりとついた。

「顔洗いたい？」

「うん、洗い物中にごめんね。私も手伝えばよかったね。今すぐそこをどけ」

「最後強いな」

僕の家は1Kでキッチン兼廊下から直で浴室という間取り。つまり脱衣所や洗面所がない。なので洗顔や歯磨きもキッチンシンクで行う。

僕はあまり気にしておらず、むしろ掃除しなきゃいけない水回りがひとつなくてラッキー、くらいに思っている。そんな頻繁に掃除してないけど。

ただ、女性はちょっと抵抗があるようだ。

「じゃがいもとか水洗いしてる場所で顔洗うのは、ねぇ？」

タオルで顔を拭《ふ》きながら糸は言う。

「洗面所がついてる物件も候補にあったけど、ここより四千円も高かったんだよな」

「あー、うーん……それは悩みどころだね」

「だろ？」

「もうちょっと時間もらっていい？　ちゃんと考えて、自分の言葉で答えを出したい」

え、そんなレベルの命題？

「あっ、ごはんを炊いてる匂《にお》いがする！」

食欲に負けてんじゃねえか。

「うん。卵と納豆と、レトルトだけどみそ汁がある」

「ひゅー、シンプル朝ごはん！」

「もう十一時だけどな」

「卵は何にするの？」

「うーん、卵焼きかな」

「甘いの？　甘くないの？」

「甘いのかな」

「はい残念。私はバキバキに甘くない気分です」

「ならそっちでいいよ」

「ありがとー。じゃあ私が作るね。ごはん炊けたら呼んでー」

軽快な足取りでリビングへ向かう糸《いと》。

僕のTシャツをダボッと着ている。下はパンツ一丁なのか穿《は》いていないのか、シャツでお尻《しり》まですっぽり隠れていて分からない。トイレから出てきたから、穿いていると信じたい。

「あ、そうだ」

そう言って糸はくるんと振り返る。するとTシャツの裾《すそ》が、ふわりと浮き上がった。

よかった、穿いてた。

「冬《ふゆ》くん、ゲームやっていい？」

「うん、いいよ」

「やたー、じゃあごはん炊けるまでやってるねー」

いちいちゲームをやっていいか許可を取るの子供みたいで可愛《かわい》いな。なんて思いつつ僕は、またもくるんと振り返った糸を見送るのだった。

うん、何度見ても穿いてる。

糸はこの秋、編集プロダクションへと転職した。

編プロといえば多忙で有名な業界であり、ご多分にもれず糸も毎日のように残業している。

でもそれが自分のやりたい仕事であり、自分の意志で残業しているのだから心は充実しているのだろう。転職前と比べれば、表情から明らかだ。

ただそれにより、僕らは多少なりとも疎遠になるだろうと覚悟していた。

職場が同じオフィスビルでなくなったので当然ランチは無理。仕事終わりにエントランスで待ち合わせて飲みに、という機会もなくなる。

夜にどこかで待ち合わせ、というのは可能だが、前述のように糸は忙しく働いている。恋人でもないのに無理に誘って、糸の充実した時間を阻害するのは気が引ける。

塩梅《あんばい》は難しいが、そこのところは大事にしたい。気楽な関係でいるためには、あまり楽ではない気遣いが必要なのだ。

なので良くて週一、それも休日しか会わなくなるだろうと考えていた。

が、その予想は大きく外れる。

「冬くん皿取ってー、卵焼きできたー」

「はい。糸はごはん、どれくらい食う？」

「んー、いつものくらい」

「へい」

「あ、ごめん。やっぱいつものよりちょい多め」

「へいへい」

糸《いと》は冷蔵庫から麦茶のペットボトルを取り、卵焼きと共にリビングへ持っていく。ごはんとみそ汁を準備している僕をよけつつ、今度は箸《はし》とコップを引き出しから取ってリビングへ。

「あ、しょーゆしょーゆ」

その前にUターンして、シンクの下の棚を開ける。

「あれー？　冬《ふゆ》くん、いつものところに醤油《しょうゆ》がなーい」

「あ、新しいのが冷蔵庫にあるよ」

「んー……あっ、これ良い醤油じゃん！　密閉ボトルのヤツ！」

醤油ひとつでご機嫌になった糸は、箸とコップと共に軽快に運んでいくのだった。

箸やコップがどこにあるかを把握していて、朝ごはんの準備も手際がいい。

当然である。糸がここで朝ごはんを食べるのは、この一か月でもう六回目なのだから。

糸はこの一か月、週二のペースでウチに泊まっていた。

その理由は、糸の転職先の立地にある。

糸が務める編集プロダクション、その最寄りは目黒《めぐろ》駅だ。

糸が住む川崎《かわさき》までは一回乗り換えておよそ二十分くらい。

対して僕の家の最寄りは戸越《とごし》駅だが、歩いて十数分で五反田《ごたんだ》駅まで行けるので、後者を利用することが多い。そして目黒から五反田までは一本。というか隣駅。乗車時間は三分。

僕の家からの方が、圧倒的にアクセスがいいのだ。

あれは糸が入社した翌週の水曜日のこと。仕事が立て込んで体力を使い果たした糸は、自宅へ帰る気力を失った結果、「泊めてくりぇ……」と僕に懇願してきた。

頑張っている糸の力になろうと、僕は精一杯もてなした。

風呂《ふろ》に浸《つ》からせ、買ってきた豚丼《どん》とたい焼きを食べさせ、僕のベッドでぐっすり眠らせた。

糸は翌朝、元気に出社した。

その一連の流れがあまりに快適だったのか。味をしめた糸は、翌週も泊まりにきた。

「豚丼とたい焼きはまだか」

家に着いた途端にこう催促された。

ムカついたのでスーパーの割引弁当を供えると「んまーい」と喜んでいた。あと冷蔵庫から勝手に納豆を取り出し、弁当の白米にかけて食べていた。

そうして気づけば週に二回ほど「泊めての丸♪」というラインが届くようになったのだ。

断じて口には出さないが、思わざるを得ない。

彼女かよ、と。

いや彼女でも、もうちょっと遠慮するのではなかろうか。

僕が心に決めた『恋人以上のことをする』というのは、あくまで精神的なサポートであり、物理的な距離感は女友達に近いつもりだった。フェアリーテイルはしてるけど。

しかしこうして頻繁に泊まりに来られると、もうよく分からない関係になってくる。

ただ、心地いい時間なのは確かだ。

糸《いと》ほどではないが、僕もそれなりに忙しく、毎日のようにストレスを持ち帰ってきている。

だが以前にも増して心が安定していて、毎朝の目覚めが良いのは、糸との時間のおかげだと自覚している。

だからまぁ難しいことは考えず、いまはただこの尊い虚構の時間を気楽に楽しもう、というのが現在の僕のスタンスだ。

どうせもうすぐ、イヤでも考えなければいけない時期が、やって来るのだから。

「ごちそうさまでしたー。うーん、やっぱり私ってば天才。卵焼き名人。鶏が恋するレベル」

「うん、美味《おい》しかった。ありがとう」

「えへへー。それで、今日は何する？」

「うーん、出かけてもいいけど、天気は微妙か」

「んだね。だからなのか、今日私、きてます」

「気圧？」

「ちょいね。薬には頼りたくない程度の頭痛、きてます」

昨日のお酒のせいかもだけど、と糸は情けなく笑う。

「それじゃ家でテキトーに過ごすか」

「おけー。あっ、じゃあさ！」

糸はごはん前まで遊んでいたゲームのコントローラーを両手で握り、車のハンドルのように右へ左へ回す。レースゲームをやっていたようだ。

「勝負しましょうや冬《ふゆ》さん。かかってこいや」

「いいね。心をへし折ってやるよ」

「ひゅー！　現実とゲームの世界の区別がつかなくなってるアホガキみたいで最高！」

そんなこんなで二十四歳の社会人ふたりが、土曜の午前中からゲームで対戦することに。

お互いにキャラやら機体やらを選びつつ、舌戦を繰り広げる。

「おいおいお姫様かよ。そんなガラかね糸さん？」

「そっちこそ紫細身の悪おじさんなんて選んで悪ぶってるつもりですかー？」

「紫細身の悪おじさんとか言うな。ゴリラにしろ」

「ゴリラやだ！　そっちこそキノコにしろ！　あ、新コースがいいなー私」

僕らふたりだけでなく世界中のプレイヤーも交えた仕様なので、レースが開始されるまでに微妙な時間が生まれる。そこでふと、糸がこんなことを言い出した。

「そうだ、負けたら何する？」

「え、罰ゲームありなの？」

「とーぜん！　その方がスリリリリングじゃん！」

「リが多い。それじゃ、負ける度に一枚脱ぐってことで」

と、ツッコミ待ちのセクハラをかまし、自分自身呆《あき》れるように鼻で笑う。エロ親父《おやじ》か僕は。

しかし、それに対し糸《いと》は声を弾ませた。

「野球拳《やきゅうけん》ルールいいね！　スリリリリンで最高」

「リが多くてグが足りない。いや、でも冗談で言ったんだけど……」

「男に二言なし！　クリリンな闇《やみ》のゲームに興じようぜ！」

「それはもうクリリン……あ、くそ！」

僕が動揺している間に糸が操作するピンクのドレスのお姫様はスタートダッシュをかます。

対する僕の紫細身の悪おじさんは、完全に出遅れて最下位スタート。

「待てこの！」

「うふふ私の走りを止められるかしらおいバナナ置いたの誰だクソがぁぁぁぁぁッ！」

その後も甲羅や爆弾が飛び交い、時に雷が落ちる波乱のレースは続く。

糸は対戦中の世界の方々へ悪態をつき、カーブで曲がる際は己の身体《からだ》も傾け、曲がりきれず崖《がけ》から落ちたら自分が操作した姫に暴言を吐く始末。

そんな気概で世界の猛者を倒せるわけがないのである。

「イエーイ僕三位ー」

「ほうぅぅうん十一位ぃ！」

レースが終了すると同時に、糸は謎《なぞ》の雄叫《おたけ》びを上げながらへニャーっと崩れた。

「ねーむずい！　こんなむずかったっけ!?」

「慣れだよ慣れ。ところで糸、負けたらどうするんだっけ？」

「……くっ、ゲスめ！　恥を知れ！」

不憫《ふびん》な女騎士みたいな捨て台詞《ぜりふ》を吐き、糸は服を脱ぎ始めた。

といってもその恰好《かっこう》は、起き抜けから変わらずTシャツのみ。靴下すら履いていない。

さすれば必然的に、糸は下着姿になった。

「これで満足か！」

「………」

「ね、ねぇちょっと……何その反応……」

顔を赤らめる糸だが、僕はもうその首から下にしか目がいかず。

色が揃《そろ》ったピンクのブラとショーツ。

糸がモジモジとする度、大きな胸がブラの中でプルプル揺れる。

何度も、昨日の夜だってその中身を見ているのに、見る以上のことをしているのに、こんな明るい中で見せられるとまた別の感情に駆られてしまう。ホガホガしてしまう。

いけないいけないいけない。不意に理性が戻ってきた。

「はい終わり終わり。そんな薄着で野球拳ルールをしかけてくんなよー。はいバンザーイ」

そう言って僕はTシャツを着せてやる。髪をぐしゃぐしゃにしながらTシャツからポンっと

首を出す糸《いと》の表情は、恥ずかしそうな悔しそうな怒っていそうな。

しかして糸は、目を吊《つ》り上げて言い放つ。

「勝負は始まったばかりだし！　まだ一回しか負けてない！」

「はいはい、気が済むまで相手しますよ」

「ほうううぅんムカつく！　絶対に脱がす！」

「え、まだ野球拳《やきゆうけん》ルールでやるの？」

「当然！　冬《ふゆ》くんをスッポンポンにして乳首を噛《か》みちぎるまで続けるよ！」

「野球拳に乳首を噛みちぎるルールはない」

一度半裸にされるという恥辱を味わっていながら、糸は再度立ち向かってくる。

その燃え盛る瞳《ひとみ》を見て、僕は懐かしいなと小さく笑う。

そうだ、糸はこういうところがあった。

「とにかく、まだやるんでしょ？　かかってきなさいリトルガール」

「絶対乳首噛みちぎる！　あ、ちょっとその前に……はー寒いなー寒いなー。勝負とは全っ然関係ないけど上着でも着ようかなー」

「おお、どんどん厚着しろ。どれだけ着ても玉ねぎみたいに一枚一枚脱がしてやる」

「言ってな――――オニオンパワ――――――っ！」

改めて、いい大人同士の大人げないゲーム対決が幕を開けた。

「嘘《うそ》でしょ……？」

「…………」

「弱すぎるだろ……」

「……オニオン、パワー……」

数十分後、再び糸《いと》は半裸になっていた。

ここまで僕の八連勝。乳首を嚙《か》まれるどころか一枚も脱がされていない。

再スタート時の糸はTシャツにジャージの上下に靴下だけでなく、キャップや腕時計、さらにはエコバッグまで身につける謎《なぞ》のコーデを披露。異常な徹底ぶりで挑んできた。

しかしそんな重装備も、一敗するごとに奪われる。

エコバッグから始まり、靴下を右と左のふたつに分けるという姑息《こそく》な手段に出るも、最後にはこうしてピンクのブラとショーツを露《あら》わにするのだった。

現在、涙目の糸は下着姿で正座をしながら、コントローラーを握っている。

どういう状況？

「糸、あの……一回リセットしよう。全部着て、な？」

「……やだ」

「やだじゃなくて……なんかこの状況、僕が悪いことしてるみたいだから……」

「やだやだやだ！　服は奪われてもプライドだけは奪われない！　これが私の生き方だ！」

「半裸で言われてもなぁ」

そう、そうだった。糸のこういうところが、本当に面倒くさかったのだ。

糸は、負けず嫌いだ。

トランプでもＵＮＯでも卓球でもダーツでもビリヤードでも、なぜか勝負事は何でも弱い。でもそのくせ糸は生粋の負けず嫌いだ。

大学時代に糸を含めたサークルの仲間とよくボウリングに行った。普段は空気を読みまくる良い子ちゃんな糸の、何がなんでも勝とうとする浅ましい姿には、同じサークルの面々も気圧《けお》されていたものだ。しかもそれでガーター連発なのだから余計に慄《おのの》いていた。

サークルでもそんなんだから、僕とふたりきりでの勝負事となると余計に加速する。

どんな対決でも大概は糸が負けるので、「ほぅぅうん」という悔しさのあまり飛び出す彼女の謎の雄叫《おたけ》びを僕は何度も聞いた。雄叫びの内容さえ、大人になっても変わっていない。

何が面倒くさいって、糸は勝つまでやらないと気が済まないのだ。

そして時間切れなどで完全敗北が決定すると、露骨に機嫌を損ねる。

つまり糸の負けず嫌いの呪《のろ》いを解くためには、負けてやらないといけないのだ。

「よし、次こそ……次こそ……」

下着姿で鬼気迫る表情の糸。

コントローラーを握る手が震えている。寒いのではない、悔しくて震えているのだ。

そこで僕は、ひとつ手を抜いてやることに。

これ以上脱がせたらマズい気がする。倫理的にはもちろんだが、一番の問題は関係性だ。絶妙なバランスで成り立った僕らの関係は、どんなきっかけで瓦解《がかい》するか分からない。野球拳《やきゅうけん》で崩壊したとなれば、僕は一生後悔するだろう。

「うわわ、誰だよこのバナナ置いたの、くそー！」

普段なら余裕で避けられる路上のバナナを自ら踏みにいく。無敵状態の敵にも果敢にぶつかる。崖《がけ》からアイキャンフライもする。

こんな僕の接待が実り、ついには糸《いと》が勝利した。

「ぐわー十位かよ！　糸は？」

「……九位」

あぶねっ。こんだけ接待しても勝つところだった。

「惜しいなー。でも勝てて良かったな。もう目が疲れたから、終わりにしよ……」

「冬《ふゆ》くん」

糸は、凍えそうなほど冷たい表情をしていた。

「……わざと負けたでしょ？」

「えっ、いやそんな……」

「絶対わざとだよね!?　さっきまであんなミスしなかったもんね!?」

悔しさと怒りが混ざった顔色、そして涙目。

それで迫られればもう陥落する他ない。

「……ごめん」

「ほぅぅぅんやっぱりだ――っ！　情けをかけられた――もうイヤだ――――っ！」

叫びながら糸は、ブラのホックを外す。

「いや待て待て！　脱ぐんじゃない！」

「なんで!?　負けたら脱ぐってルールでしょ!?」

「そうだけど！」

「もしかして下がいいの!?」

「違うわ！　いいからホックを戻せ！」

「イヤだ――脱がせろ――――っ！」

「もう露出狂じゃねえか！」

僕は糸の背後に回り込み、ホックが外され分かたれたバックベルトを両手でつまんで阻止。対して糸はブラを引きちぎるほどの勢いで外そうとする。まさかのブラ引き合戦である。

まだ女性を知らなかった頃の僕は、この手でブラを外す日を夢見てイメージトレーニングを重ねていたものだ。

だが時を経て、まさかブラを外させないよう力を振り絞る日が来るとは。

「悪かった！　僕が悪かったから！」

「うるせー━━敗者の乳を見ろ━━━━━っ！」

「そもそも僕が手加減してなくても！　糸《いと》が勝った可能性はあるだろ！」

「あ、確かに……オフゥっ！」

糸が突然ブラから手を離したせいで、思いきり締め付けてしまった。糸は聞いたことのない悲鳴を上げ、己の胸を押さえながら震える。

「ご、ごめん、大丈夫か……？」

「オフゥ……息が止まりかけた……」

糸はわなわなとしながらも、自らブラのホックを付け直す。

「言われてみたらそうだね……事実として残ったのは、手加減した冬《ふゆ》くんが負けたということだけ。もしかしたら勝っていた未来があったかも！　いやそうに違いない！」

普段はネガティブなのに、こういう時だけ無駄にポジティブな糸は嫌いじゃない。

「それじゃもう一戦、次がラストだからな」

「分かった。このブラだけは絶対に死守する。これで乳を見られたらプライドに傷がつく」

その姿になっている時点でだいぶ傷ついていると思う。

「よっしゃ行くぞ━━オニオンパワ━━━ッ！」

運命の最終レースがスタート。

果たして糸はプライドを守れるのか。僕は敗者の乳を拝むことになるのか。

序盤から中盤にかけてはやはり僕の方がリード。ただコースアウトする危険が少ないエリアなので、糸もなんとか食らいついているようだ。

「ぎゃあっ、てめぇゴリラ――――ッ！」

しかし終盤でどうやらゴリラに妨害されたらしい。悲鳴と怒号が隣から聞こえる。

すると次の瞬間。

「うぅ――オラァ！」

「うわっ、おいリアル妨害するな！」

「ほよ～すみませ～ん。私こういうゲームしてると、身体《からだ》も一緒に傾いちゃっ……てぇ！」

その後も幾度となく肩をぶつけてくる糸。

そこにあるのは醜《みにく》くも巨大な勝利への渇望のみ。プライドなどドブに捨ててしまえ。

しかも何が問題かといえば、ぶつかるたびに凄《すさ》まじい勢いで振動する、ブラの中身である。

そんなものを前にされたら、自然と目線が吸い込まれていく。

「くそっ……姑息《こそく》だ！　何もかもが姑息だ！」

「へへへっ、そんなに痛いか！　これが私のプライドの痛みだ！」

おっぱいに関しては無自覚なのかよ。それがむしろなんかエロいな、くそ。

「あっ、きた――――」

そこで糸《いと》は、一気に相手をごぼう抜きする最強アイテムを引いた。ぐんぐんと順位を上げていった結果、ゴール直前で僕を追い抜くのだった。

「やた――、勝った――――っ！」

「くー、やられた……こんな方法で勝って嬉《うれ》しいのか！」

「嬉しいで――す！　ほら脱げ脱げ――っ！」

糸は僕のTシャツの裾《すそ》を掴《つか》むと、一気に引っ張り上げる。あっという間に脱がされた。

そして糸は奪い取った僕のTシャツを着て、満足げな表情。

「へへー、あったかーい。どんなもんじゃーい」

「いつから譲渡ルールに変わったんだよ、まったく……はい、もう終わりな」

「うぇーい、終わりよければなんとやら〜」

コントローラーを僕に渡すと、糸はその場で小躍り。大きなTシャツで隠れるショーツが、チラチラと存在感を主張する。

どうでもいいけど、さっきまでの下着姿より、こうやってちょっとだけ見える方が妙にそそられるのは何故《なぜ》なのか。前者はエロさよりも敗北者としての不憫《ふびん》さが勝っていたからか。

「はー、お腹《なか》すいた。どっか食べ行く？」

「うん、そうだね。でもその前に……」

首を傾《かし》げる糸に対し、僕はまっすぐな瞳《ひとみ》で告げるのだった。

「いつになったら僕の乳首を嚙《か》みちぎるんだ」

「嚙まれたかったんかい」

第七話　サウナ

おじさんの憩いの場というイメージがあったサウナが、若い世代にも流行《はや》り出したのは少し前の話。だがその熱はまだまだ収まっていないようだ。

銭湯に足を運ぶ若者が増えたほか、都内ではサウナ施設が増加。ひとりで入れる個室サウナなんてものまで増えているのだとか。

サウナで身体《からだ》を熱し、水風呂《みずぶろ》で急冷却し、外気浴で落ち着かせる。

これを繰り返すことで人は『ととのい』というバフがかかるらしく、自律神経の不調が改善されたり、ストレスが緩和するという。

みんな『ととのい』を求めてサウナに足を踏み入れるのだ。

それが若者にも流行っているって、どれだけ現代人はストレスを抱えているのかと少々不安になる。とは言いながら僕自身もサウナの虜《とりこ》になったひとりで、実は月に二回ほど、戸越銀座《とごしぎんざ》商店街にある銭湯に行ってはととのっている。

そんな話を何気なくすると、同じくストレス抱えがちな若者（二十四歳女性編集ライター）は「冬《ふゆ》くんだけズルい！」と謎《なぞ》に憤慨。ピロートークの最中に肩を噛《か》まれた。

どうやら糸《いと》は『ととのい』に憧《あこが》れているようだ。

あらゆるメディアにて魅力的に表現されている『ととのい』を一度は体験したいと思ってはいるものの、なかなかそれが叶《かな》わないようだ。

一度家の近くの大型温泉施設にひとりで行ってみたが、うまくいかなかったらしい。

「めちゃくちゃ人気で超密集しててさ……肩が触れ合う距離に半裸の他人が座ってると、なんか落ち着かないんだよね」

「まぁ、糸ってそういうタイプだよな」

「しかも隣のおばちゃんがすごい話しかけてきてさ……ととのうどころじゃなかったよ」

「くっそ人見知りだもんな糸は」

流れるように腕を取られ、関節を極《き》められた。事実なのに。

「じゃあ個室サウナに行ってみれば？」

「うーん……でもさ、サウナに慣れてない私が入って、倒れちゃったりしたら怖いじゃん」

「あー確かに、助けに来れないもんな。監視カメラも付いてないだろうし」

糸にとって『ととのい』への道は、なかなかに障害が多いようだ。

しかし、諦《あきら》めきれない糸がサウナについてスマホで調べていた時だ。

「あっ、ここいいじゃん！」

声を弾ませる糸が僕に見せてきたのは、とあるサウナ施設のホームページだった。

＊＊＊

「うおーすごい！　サウナだー！」

糸《いと》はその空間に入るやいなや、大興奮で歩き回って細部を確認する。

「ここが水風呂《みずぶろ》で、このイスで外気浴するってわけですね！」

「なかなかオシャンティだな」

「うわっ、サウナの中あっつ！　すごいよ冬《ふゆ》くん、あっつい！」

「そりゃサウナだし……うわ、あっつ」

大きなガラス窓の向こう、木の扉を開けてみると、熱気が全身にまとわりついた。

僕と糸がやってきたのは、都内にある貸切サウナ専門施設。

ひとりで利用できる個室サウナが大多数だが、中には少人数グループで楽しめる少し大きめの貸切サウナもある。僕らが入ったのは後者。カップルの利用客も多いらしい。

「さ、早速入ろう。なかなかの料金なんだ、一秒も無駄にできん」

「それな。ちなみに八十分って長いの？　短いの？　サウナの時間感覚が分からん」

「制限時間ありのサウナは僕も初めてだからなぁ。ととのったら時空を超えるし、僕もピンとこないわ」

「さらっと量子力学の根幹を揺るがす発言が出たね」

まずはシャワーで身体《からだ》を流し、水滴を拭《ふ》き切ってからサウナに入ると効果的らしい。

サウナといえば裸のイメージだが、男女での利用のため水着の着用が義務づけられている。

僕も糸もすでに施設側が用意した水着に着替えていた。

糸は黒のブラトップにショーパンと、パッと見は短距離走者のような恰好《かっこう》。インドアな糸のスポーティな装いは物珍しく、存在感のある胸の膨らみも相まって妙にそそられる。

もちろん、こんな場所でいたすのは厳禁。これぱかりはいくら糸でも承知の上と信じたい。

僕は信じているぞ糸……と、思っていたが。

「うわっ、水風呂つめたー。えー、こんなのに入れるのかなー？」

糸は爽《さわ》やかに笑いながら水風呂に手を突っ込み、すくった水を僕にかけてくる。

その無邪気な様子が逆に新鮮で可愛《かわい》らしく、むしろ僕の方がホガホガしてしまっていた。

こんな調子で僕は八十分耐えられるのだろうか。一抹の不安を覚える。

だがそんな些末《さまつ》な心配など、無用であった。

サウナという特殊領域において、劣情という醜《みにく》き感情は、持ち込むことさえ不可能なのだ。

「ふ、冬くん……どれくらい経った……？」

「三分くらいかな……」

「さっ……ウソでしょ、まだ半分なの……？」

僕と糸は、すっかりサウナの熱気によって気力を奪われていた。

ふたりしてお揃《そろ》いの三角の帽子、いわゆるサウナハットを被《かぶ》って意気揚々と入ったところ、ものの一分ほどでこのサウナの過酷さを知った。

「冬《ふゆ》くんもキツいの……？　サウナ慣れてるんでしょ……？」

「いや……僕が行ってる銭湯のは、けっこう古いサウナなのかな……もっとまったりした熱さなんだ。こんなにバチバチくるサウナは初めてで、けっこうしんどい……」

ここはサウナ好きによるサウナ好きのための施設と名高い。きっと僕らが入っているのは、歴戦のサウナーたちでも満足する『強いサウナ』なのだ。

それに近所のサウナは出入りが激しく、その度に外気が入り込んでくる。対してこのサウナは僕らしかいないため、サウナ内の温度が外気によって左右されることはない。

いわばサウナとして完成している。ゆえに苛烈《かれつ》、猛烈、灼熱《しゃくねつ》。

僕らは今、サウナの真髄を味わっている。

「とはいえ無理は禁物だよ糸《いと》。キツいと思ったら出なね」

「でも、初心者でも六分くらいは入った方がいいって……」

「町のサウナでの六分だからねぇ。このストロングスタイルのサウナとは、ちょっと違うよ。だからしんどいと思ったら出た方がいい」

当然これは、紛れもない親切心で言っている。糸がサウナを好きになれるように、ちゃんとととのえるようにと考えての提案だ。

だが、熱さで判断力をわずかに欠いたか、僕は余計な言葉を添えてしまった。

「僕に合わせる必要はないよ。糸と僕とじゃ違うから」

「…………」

言下、しまったと思った。訂正しようにももう遅かった。

「なんだァ？　てめェ……」

糸、パチキレた！

「い、いやいや、僕は慣れてるからって意味で……」

「全然余裕ですけどー？　あと二分くらい？　らくしょーですけど」

「さっきキツいって言ってたじゃん」

「グレイテストらくしょーマンですけど」

「あー、それはちょっと面白いなぁ」

「アー」

引き笑いにいつもの伸びがない。カラスの鳴き声みたいになっている。これはもう限界なのだと言っているようなものだ。

でもどんなに説得しても、糸は聞かないのだろう。

なぜなら糸は、やっぱりこういう人間だからだ。

続・糸は負けず嫌いだ。

しかし今回の場合、ただ面倒くさいというだけでは済まない。

命に関わる負けず嫌いである。

もし糸《いと》が僕に負けじと我慢し続けていれば、下手したら倒れかねない。サウナに慣れている人でもそういう事故がないわけではないのだから、初心者の糸はより危険だ。

だが絶対に糸は、僕が出るまで我慢するだろう。かつ糸を心配して早めに出ようとすれば、先週のゲームの時と同様、わざと負けたと思われてパチキレられる。

いや、これ詰んでない？

「ふぅーふぅー……あと一分……」

僕の苦悩など知りもせず、糸は顔を赤らめ、鼻息荒く耐えている。顔がもう、うら若き女性がしていい表情ではない。

とはいえ残り一分ともなればゴールは目前なので、無事に六分耐え切れるだろう。

しかし問題は、次のセットからだ。

この後、水風呂《みずぶろ》に入り外気浴を終えたら、またサウナに入る。そのルーティンを計三回ほど繰り返すのが基本だと、僕はサウナに入る前に教えてしまった。

なので糸はその通りにこなそうとするだろう。だが当然一セットこなすごとに体力は削られていく。この調子で無理な我慢を続けてしまえば、いよいよ危険。

心と身体《からだ》の健康のためのサウナで倒れては本末転倒だ。

次のセットからは無理させないように、サウナに入って四〜五分で強引にでも連れ出そう。

そんな決意をしたところで、タイマーが鳴った。

「おしっ、出るぞ糸」

「ふぃ〜、どんなもんじゃ〜」

薄笑いを浮かべる糸。すでにだいぶキているようだ。

シャワーで汗を洗い流したのちに水風呂へ。足を浸《つ》からせた瞬間、糸は目をまん丸くさせ、全身をブルっと震わせる。

「ひぇぇ〜〜〜、こりゃたまらんですなぁ！」

「なんだその謎《なぞ》テンションは。ほら入れ入れ」

「ひぃぃ〜〜〜、お助けぇ！」

僕と糸は同時に水風呂へ肩まで浸かる。サウナによって芯《しん》までジリジリに熱された身体が、今度はキンキンに冷えた水によって急冷却されていく。全身の皮膚がギュッと締まるようだ。

苦痛の時間だが、その後の心地良さを知っているからこそ、耐えられる。

「ソーメンなん!?　私たちってソーメンなん!?」

糸は水風呂の中で目を見開き、僕にこう叫んでいた。

茹《ゆ》でた直後に氷水で冷やす調理過程を思い出したらしい。いっぱいいっぱいのこの状況で、なかなかに的確な喩《たと》えツッコミだと思った。

三十秒ほどで水風呂《みずぶろ》から脱出。身体《からだ》を拭《ふ》いて、外気浴用のイスに並んで腰をかけた。

壮絶な一セット目のサウナと水風呂を体感した糸《いと》は、「ファー……」なんて鳴き声を漏らしながら、そのまま溶けるのではと思うほどダランとしていた。

これは僕が止めるまでもなく、次からは自制できるのではないだろうか。

そう思っていたが、糸が呟《つぶや》いた次の一言は、意外なものだった。

「……なんか、すごい、分かってきた」

「え？」

「今ね、水風呂でキンキンに冷えた身体の外側を、サウナで熱された身体の内側が、頑張って温めてるのが分かる。なんていうか、私の身体がちゃんと、生命維持活動をしているんだって感じられる。言うなれば、生きているんだって実感してる」

糸は半目のぽうっとした表情で、宙を眺めていた。

僕は一瞬、言葉を失った。

「糸……まさかもうその領域に……？」

糸が今口にした言葉は、常人ならばサウナ・水風呂・外気浴というルーティンを、最低でも三セットはこなさなければ出てこない表現だ（※個人の意見です）。

いくらルーティンを重ねても辿《たど》りつかない者もいる。体質は様々なのだから当然だ。

しかし糸はたった一セットで、そこに到達した。

いわばもうすでに、『ととのい』へと足を踏み入れていると言っても過言ではない。

「て、天才だ……」

思わずこぼれたこの言葉にも糸は無反応。

そうしてスッと立ち上がる。

「もう六分でしょ？　二セット目、いこう」

「え……なっ!?」

直後タイマーが鳴る。糸は時計も見ず、正確に六分を計測した。

身体が、本能が、外気浴を終えるにふさわしいタイミングを理解しているということだ。

サウナへ向かうその姿、見慣れた背中よりも遥《はる》かに大きく見えた。まるでオーラを纏《まと》っているかのように、糸の身体から蒸気が立ち昇る。

「これは――成ったな」

どうやら僕は、とんでもないサウナーを生み出してしまったようだ。


二セット目のサウナ。

そこにはもう、ただの負けず嫌い根性によって痩《や》せ我慢をしていた、意固地な二十四歳女性編集ライターはいなかった。

座禅のようにあぐらをかいて座る糸は、目を閉じ、一言も発さず、ピクリとも動かない。

僕の目にはそれが、サウナの神様のように映った。

「冬《ふゆ》さん」

「な、なんですか……？」

無意識に敬語になってしまう。だってなぜか向こうも敬語なんだもの。

「一セット目よりも息が乱れているように感じます。残り二分、どうかご無理はなさらずに」

「は、はい！　ですが大丈夫です！　あと二分、耐えられます！」

「ツラくなったら、いつでも出てください。サウナは人の目を気にしたり、傲《おご》りに心を焦がしても、その身が滅ぶだけ。サウナに他者は介在しない。サウナは己との対話なのです」

「はい！」

元気に返事したものの、お前が言うなとの気持ちは拭《ぬぐ》えなかった。

それからしばし無言。二セット目ともなれば僕も、余計なことを考える余裕はなくなった。

灼熱《しゃくねつ》の空間で、ただひたすらその時を待った。

「――さて、出ましょう」

またもタイマーが鳴る寸前に席を立った糸《いと》。もう本当に神様なの？

糸は洗練された美しい所作で、ゆっくりと静かに水風呂《みずぶろ》へ浸《つ》かる。「ひぇぇ～～～！」などと喚《わめ》いていた十五分ほど前の姿とはもはや別人。というか本当に別人じゃないよね。目を離した隙《すき》に通りすがりのサウナの神様と入れ替わってないよね。この人、本当に糸だよね。

まったく見たことのない、新たな糸の一面があらわになった。

皆瀬《みなせ》糸、覚醒《かくせい》。完全にサウナに目覚める。

外気浴においても糸は「私は今、風になりました」などと呟《つぶや》き、格の違いを見せつける。

元カノが隣で風になっている。そんなことある？

そしていよいよ三セット目のサウナへ。

ここまですでに風になっている以上、最後のセットで糸はどうなってしまうのか。

「いきましょう、『ととのい』の向こう側へ」

僕はもう、違う意味で不安になってきた。

と、糸の行く末を心配していた僕だが、喫緊の問題が浮上する。

普段行っている銭湯のサウナよりもストロングスタイルな分、僕の方が体力的にキツくなってきた。三セット目のサウナはいつでも苦悶《くもん》の時間となるが、今回は一層ツラい。

それでも糸をこの場所へ導いた以上、最後まで見届ける義務が僕にはある。

そして何よりこの先には、過去最高の『ととのい』が待っている。

ゆえに僕は耐えた。耐えて耐えて、耐え抜いた。

タイマーが鳴った瞬間、僕は小さくガッツポーズ。ふらりと立ち上がる。

「よし。出よう、い……と……？」

違和感に気づいた。

なぜ、タイマーが先に鳴ったのか。

先ほどまでの糸《いと》なら、至高を極めた体内時計で時間を読んでいたはずだ。

しかし今、糸は座ったまま。静謐《せいひつ》な表情を浮かべたまま動かない。

糸は、囁《ささや》くように告げた。

「……あと二分」

「え……」

「あと二分我慢すれば……より近づける気がする」

「ど、どこに……？」

「無心の境地に」

大変なことになってきた。

「あと二分……冬《ふゆ》くん、あと二分だけ入りたい！」

「わ、分かったよ……気をつけなね。僕は先に出るから……」

「ダメ！　冬くんが出たら外気が入ってきちゃう！　この完成されたサウナのまま、あと二分我慢することに意味があるの！」

「え、ええ……!?」

糸は僕の腕を掴《つか》む。非力な彼女とは思えない強い力で。

目は、完全にイっている。

「ほらもうあと一分三十秒！　その先で私は新たな扉を開く！　己の新たな価値を知るの！」

「いやよく分からんわ！　どの扉を開いてもいいけど僕を巻き込むな！」

「絶対に外気を入れたくないの！　お願い冬くん！　私を新世界へ連れて行ってぇぇぇ！」

「ずっと何言ってんだよ！」

糸は一セット目で神童になった。二セット目で神になった。

そして三セット目で、厄介サウナーになるのだった。

＊＊＊

「ぷへ〜〜〜っ！　うめ〜〜〜い！」

ファミレスにて、糸はジョッキのビールを喉《のど》を鳴らして飲み、豪快に笑う。まるでビールのコマーシャルを見ているようである。

「あ〜、この一杯のためのサウナだよなぁ……」

「ほんそれ！　頑張った甲斐《かい》があったよねぇ。最後の二分がなきゃ、ここまでの感動は得られなかっただろうね！」

「ビールで正当化するな、厄介サウナー」

「厄介サウナーって呼ぶのはやめて！」

糸《いと》は心の底から恥ずかしそうに叫び、赤い顔を隠す。

二セット目の途中から糸は、何かに取り憑《つ》かれたように完全にトリップしていた。その極致があの厄介サウナーであった。正気に戻ったのは最後の外気浴。「……私、何してたんだろう」と不意に呟《つぶや》き、僕はホッと一安心であった。

「とりあえず、これでなんとなくサウナに慣れただろ。ていうかすでに神の領域に達していたしな。今度からはひとりで個室サウナに行けるな」

「うん！　ちょっとお高いけど、たまには贅沢《ぜいたく》にソロサウナってのはいいかも！　実際、身も心も生まれ変わったみたいにスッキリ！」

「なら良かったよ」

「でも冬《ふゆ》くんも、また一緒に行こうね？」

「うーん、厄介サウナーに絡まれるのはなぁ」

「もうあんな風に絡まないよ！　そういやさっきスマホで調べたら、サウナにはタオルで扇《あお》いでより高い負荷をかける、アウフグースって技があるらしくて……」

「巻き込むな。やっぱり厄介じゃねえか」

何はともあれ、糸が良いストレス解消法を見つけられたようで良かった。

「さーて、汗を流しまくった後は、スタミナある物食べなきゃねーっ！」

そう言って糸はチキンステーキを頬張《ほおば》り、ビールで流し込み、最高の笑顔。

実に微笑《ほほえ》ましいが、ふと僕は、少し失礼なことを思ってしまった。

「ん？　何笑ってるの冬《ふゆ》くん」

「いやぁ……先週は家でゲーム、今週はサウナって、めちゃくちゃ男っぽい遊びだなーっと。完全に男友達との休日じゃん」

素直な感想を述べると、糸《いと》は数秒キョトンとしたのち、「あはー確かにー」と笑う。

良かった。流石《さすが》に怒られるかもと思ったが、糸は穏やかな笑顔を浮かべていた。

「あ、でもさー」

「うん……んっ！」

安心したのも束《つか》の間《ま》──キスされた。

僕が一瞬視線を落とした隙《すき》に身を乗り出した糸は、かましてきた。

「こんなことは、男友達とはしないよねぇ？」

「……すみませんでした」

やっぱり怒っていた。

そして糸は、指をくるくる回して周囲へ視線を誘導。

隣のテーブルに客はおらず、前後のテーブルの客や店員さんは、あの一瞬の出来事には一切気づいていない。

「五百円♪」

「まだ続いてたのか……」

「もちろん。だって『秋の』フェアリートラップ・キャンペーンだからね」

「いつまでが秋なんだよ……」

「十一月末までキャンペーン期間でーす、カンパーイ♪」

キスした直後の挑発的な笑みから一変、そう言う糸の笑顔は子供のように無邪気であった。

糸は五百円分、追加でシーザーサラダを注文していた。

第八話　純喫茶ユニコーン

僕と糸《いと》にはお気に入りの喫茶店がある。

僕の家の近所、戸越銀座《とごしぎんざ》商店街から一本外れた通りに店を構える、純喫茶ユニコーン。

休日前に糸が僕の家に泊まると、翌日に高確率で訪れている。糸も僕もユニコーンのレトロでこぢんまりとした雰囲気が、身の丈に合っていて落ち着くのだ。

ただこの土曜日はというと、朝から天気がぐずついており、糸は家どころかベッドからも出たがらなかった。なのでどちらともなく、今日は読書の日にしようという話になった。

僕はデスクで、糸はベッドで、しばし小説の世界へ没入。

途切れることのない雨音は、むしろ僕らを現実世界から遠ざけた。

特に糸は、少し気圧《けお》されるくらいの集中力で読んでいた。よほど面白い本と出会ったのか、起きてすぐ腹に入れたスティックパンひとつで、五時間ほど没頭している。

先に限界を迎えたのは僕だった。カーテンの隙間《すきま》から差し込む夕日を見て、ベッドの下から糸の頰《ほお》へ手を伸ばす。

「糸さーん、雨止んだみたいっすよー」

「………………」

頬をつつきながら語りかけても、糸は生返事にもなっていない吐息を漏らすだけ。

「お腹《なか》すいたし、どっか食べに行きましょうよー」

頬を軽くつねってみるも、「んー」と肯定でも否定でもない声が聞こえてくるだけ。

ここで耳などの弱いところに触れれば意識はこちらに向くだろうが、きっとパチキレられる。そこで僕はこんな提案をする。

「ユニコーン行こうよ」

「ん？」

「ナポリタンとかサンドウィッチで腹ごしらえしつつ、読書の続きでもどうでしょう」

「んんー？」

「あそこは確か十九時閉店だから、二時間くらいはまったりできるかなー。夕暮れの純喫茶で読書なんて、なかなかオシャンティじゃないですか？」

「んー、いいね」

交渉の末、糸を動かすことに成功した。糸は顔を洗いに廊下へと向かう。

いよいよ交渉人としての格が出始めた気がするよ、市川《いちかわ》さん。

＊＊＊

雨上がり。夕刻の戸越銀座《とごしぎんざ》商店街は、どうしてか懐かしい雰囲気が漂う。

「地元にこんな賑《にぎ》わってる商店街はないのに、不思議だ」

「日本人のDNA由来の郷愁なのかもね」

「いやきっと僕がブラジル人でも、この商店街を見たら懐かしいって思うよ」

「地球人のDNA由来なのか……」

「いやきっと僕がアンドロメダ星雲出身でも……」

「宇宙の起源は、戸越銀座商店街にあった……!?」

SF小説を読書中だからか、やけにノリが良い糸《いと》さんである。

純喫茶ユニコーンの看板が見えると、糸は愉快そうに横揺れする。

「どうした?」

「ふふ、夕方に来るのは初めてだなーって」

「そういやそうだな。閉店間際の雰囲気とか知らないな」

「よく知ってる場所でも、時間を変えるだけで新しい一面が見られるかもねー」

外へ連れ出して良かったと思わせてくれる笑顔で、糸はユニコーンの扉に手をかける。

しかしそれよりも早く、扉が開いた。糸は「わっ」と小さく驚く。

ちょうど店から出てきたのは、見覚えのある小柄な女の子。ウェイトレスの子だ。

純喫茶ユニコーンでよく見る店の人は、おそらく店長であるヒゲのダンディなマスターと、すべての所作が美しいウェイトレスの花屋敷《はなやしき》さん。そしてこの子、確か名前は小室《こむろ》さんだ。

小室さんは私服姿。仕事を終えて帰るところなのだろう。

「あ、あ……」

しかし僕らを見て、というか糸を見て、何やらうろたえている。そんなわけないが、まるで芸能人を見るような目で糸を凝視している。

僕らが首を傾《かし》げていると、小室さんは思い立った様子で糸に告げた。

「あのっ……私とお茶しませんか!?」

「えっ」

糸が女の子にナンパされた。

なんだかよく分からないが、面白いことになりそうである。


「小室さん、でいいんですよね？」

「はい、小室菜々《なな》と申します！　名前知っててくれたんですね！」

「制服に名札ついてるから。よく土曜日に働いてますよね？」

「はい！　おふたりもよく土曜日にいらっしゃいますよね！　いつもありがとうございます！」

ハキハキと答える小室さん。表情には少し緊張が見られる。

僕らは純喫茶ユニコーンのテーブル席にて、小室さんのお望み通りお茶をしていた。

小室《こむろ》さんと糸《いと》と僕という一団が入店するのを見て、花屋敷《はなやしき》さんは目を丸くした。小室さんが客として戻ってきたのだと分かると、花屋敷さんは変わらぬ笑顔で席へと案内してくれた。

花屋敷さんが運んできたカフェラテを、小室さんは申し訳なさそうに受け取る。花屋敷さんは「今はお客様でしょ?」と優しい声で諭《さと》していた。

これだけでふたりの尊い関係性がうかがえる。

小室さんは、少し会話しただけでその人間性が分かる、元気で天然な陽キャだ。それなりに隙《すき》があるから自然と好かれて、どんな場所にでも馴染《なじ》めるタイプだろう。

雰囲気やサイズ感は同僚の市川《いちかわ》さんに似ているが、小室さんは体育会系の陽キャ、市川さんはオタクであることを隠そうともしない陽キャ。似て非なる陽キャである。

「あ、あと敬語じゃなくていいですよ。たぶん年下です。二十歳で大学生やってます」

「そうなんだ。じゃあタメ口でいいね。ちなみに僕らは二十四歳ね」

さて。僕と小室さんが軽い挨拶《あいさつ》トークを交わしている最中、こちらの陰キャはというと。

「…………」

無言、堅い笑顔、たまに相槌《あいづち》。

かろうじてスマホや本に手を伸ばしてはいないが、その目線は常にテーブルのカフェラテに向いている。たまに意味もなく、ティースプーンでかき混ぜている。何がしたいんだそれは。

おそらく、というか間違いなく、小室さんは糸と話をしたがっている。なぜかは分からないが彼女の分かりやすい視線や反応から明らかだ。

だが糸は、なかなか会話に入ってこない。借りてきた猫とはこのことである。

こうなることは予想済みだ。

糸は初対面の人との会話が嫌いだ。というか苦手だ。

普段僕と接している糸は、天真爛漫《てんしんらんまん》でよく笑ってポンポンと冗談をかましてくる。

しかし知らない人を前にすると一変、人見知りを発動するのだ。

ある程度会話を重ねれば普通に会話できるくらいにはなるので、社会人生活に支障はない。

今の会社ではコミュ力の高い同僚たちのおかげですぐに馴染めたらしい。

ただ突発的に他人と対峙《たいじ》すればこの通り。昔からよく、アパレルショップなどで話しかけてくる店員に対して、逃げ回ったり僕を盾にしたりしていた。

一緒に那須塩原《なすしおばら》の旅館に行った時、女将さんと普通に会話していたから人見知りを克服したのかと思っていた。だがどうやら違ったらしい。そういえば、かなり年上の同性相手ならマシと言っていたような気がする。

ならば年下な上に自分とは正反対の陽キャである小室さんなんて、一番難しいのだろう。

そんなわけでここは、交渉人と名高い僕が場を大回ししてやりましょう。

と、言いたいところだが、そうはいかない事情があった。

「それじゃ、僕はカウンターで本を読んでるから」

この一言に小室《こむろ》さんは「えっ」、糸《いと》は「ひゅっ!?」と反応する。ひゅって。

「だって小室さん、糸とふたりで話したいんでしょ?」

「い、いえ、そんなことは……」

「正直に」

「うぅ……」

小室さんは頬《ほお》を染めて小さく縮こまりながら、コクコクと頷《うなず》いた。

「で、でも別に冬《ふゆ》さんを除《の》け者《もの》にしたいわけじゃ……ちょっと相談に乗ってもらいたく……」

「なおさら同性の方がいいじゃん。僕は退散するよ」

そう言ってコーヒーカップを手に取ろうとすると、ウェイトレス花屋敷《はなやしき》さんと目が合った。

花屋敷さんは柔和な笑顔で問いかける。

「お席の移動ですか?」

「はい、カウンターいいですか?」

「もちろん、ではこちらにどうぞ」

そう言って花屋敷さんは僕のコーヒーカップをカウンターへと運ぶ。相変わらず完璧《かんぺき》な接客である。チップもしくはスーパーチャットを贈りたい。

そうして席を離れようとする僕を、糸は子羊のような瞳《ひとみ》で見つめる。これほど明確に助けを求めてくる糸も珍しい。行かないで、そばにいて。そんな目を向けられれば悪い気はしない。

「それじゃ、ごゆっくりー」

それでも僕は、ひらひらと手を振ってカウンターへ向かうのだった。

「…………………」

糸の瞳の色が、懇願から憤慨へと変わる瞬間を見た。

これは後でパチキレられるだろう。色々と奢《おご》らされるかもしれない。

ただもちろん、この一連の行動には理由がある。

一か月ほど前のこと。僕と糸はユニコーンを訪れていた。

注文の際にウェイトレスの小室さんと、こんなやりとりがあった。

『お飲み物とケーキをご注文されたカップルの方は、カップル割引が適用されますので……』

『いや、僕らカップルじゃ……』『はい、よろしくお願いします』

僕は思わずギョッとした。何を言っているのかと糸を見た。

すると糸は、小悪魔な笑顔でこう言った。

『うふふ、冗談です。通常料金で大丈夫ですよ、カップルじゃないんで』

要は糸の悪戯《いたずら》なわけだ。僕の心を弄《もてあそ》ぶことにかけては、糸の右に出る者はいないだろう。

ただこのシチュエーションに限っては、タブーを犯している。

僕だけならいいが、小室さんも巻き込んでいるのだ。それと僕の見間違いかもしれないが、花屋敷さんもカウンターの向こうでギョッとしていた気がする。

場合によっては、カスハラと取られても仕方ない行為だろう。

つまり他人に迷惑をかけている。僕と糸《いと》が一番嫌いなことのはずだ。

これについて咎《とが》めると糸は、「えへへーごめんー」とヘラヘラしながら謝っていた。

まず謝る相手が違うし、絶対に悪いと思っていない笑顔である。可愛《かわい》いけども。

当時の小室《こむろ》さんは驚きながらもあまり気にしていない様子だったが、この件で何かしらのお詫《わ》びをしたいと僕は思っていた。その絶好の機会が舞い込んできたわけだ。

しかもそれが糸にとってはそれなりに苦労のある内容。まさに因果応報。悪行は必ずその身に返ってくる。世界は意外とよくできているものだ。

小室さんの口を軽くさせるため、僕はカウンターへ移動した。とはいえ現在お店には僕らの他に二組の老夫婦がいるだけ。静かな店内では、糸と小室さんの会話は自然と聞こえてくる。

僕は読書している風を装っているが、文章は一切頭に入っていない。

意識はすべて聴覚へ。糸と小室さんの会話を盗み聞きすることに全集中している。だって超面白そうじゃん。小室さんの相談内容でなく、人見知り糸の挙動が。

それとこれは僕の予想だが、現在カウンターで作業している花屋敷《はなやしき》さんも、絶対にふたりの会話に聞き耳を立てている。花屋敷さんには意外にそういうところがあると睨《にら》んでいる。

「実は前から、糸さんとお話ししたいって思っていたんです」

小室さんがおずおずと告げる。お話ししたい相手がいたとして、ここまでストレートに告白できるあたり根っからの陽キャ感がある。

「な、なぜでしょう……？」

対する糸、いまだ敬語。

「タメ口でいいですよ？」

「あ、わかりました……」

「……………」

「あ、わかった……」

惜しむらくは、テーブル席がカウンターの背中側にあること。絶対に今、糸は「あばばば」って顔をしている。四つも年下の子を相手に「あばばば」ってしている。見てぇ～。

話題は戻り、なぜ小室さんが糸と話したがっているのか。

聞けばそれはまた、糸にとっては因果応報な理由だった。

前述した糸の、小室さんも巻き込んだ悪戯《いたずら》。

それを受けた小室さんはなんと、糸と僕の関係に強い憧《あこが》れを抱いたという。

小室さんの目には僕らが、恋人同士のように仲睦《なかむつ》まじい異性の友達のように見えたらしい。

それだけ聞けば間違ってはいないが、現実と小室さんの認識とは少々ニュアンスが異なる。

「糸さんと冬《ふゆ》さんの関係が羨《うらや》ましいです！　爽《さわ》やかで、健全な男女の友情って感じで！」

「あ、あはは……ありがとう……」

糸《いと》は不自然な間を笑って誤魔化しつつ、とってつけたような感謝を述べる。

その対応で正解だ。というかそう言わざるを得まい。

まさかあんな純粋そうな子に「全然健全じゃないし、むしろ昨日もフェアリーテイルかましてきました私たち」なんて言えるはずがない。

なんの間違いか、糸は憧《あこが》れの的になってしまったのだ。小室《こむろ》さんの夢を壊してはいけない。

「…………」

視界の端で、花屋敷《はなやしき》さんがチラリと僕を見た気がする。その視線の意味を、僕は考えない。気付いていないフリをしつつ、僕は静かにコーヒーカップを傾けた。

「実は私、男友達から『彼女になってほしい』って言い寄られてて、今すっごい迷ってて……糸さんみたいな男女関係の上級者から意見がほしかったんです」

デフォルトの声量が大きい子なのだろう。なかなかの告白がカウンターの僕にまでハッキリと聞こえてくる。花屋敷さんにも聞こえているだろうが、平静な表情でグラスを磨いていた。

それにしても、糸って男女関係の上級者だったのか。知らなかったな。

「じょ、上級者は言い過ぎだけど……一応私も考えてみるよ。どんな人なの?」

「たまたまなんですけど……そう言ってくれてる男友達が今、三人いて……」

「三人……なるほどぉ?」

もうその時点で糸より上級者である。「なるほどぉ」じゃねえよ。

「ひとりは同い年の、バレエダンサーの人で」

「バ、バレエダンサー……」

バレエダンサーの人と一体どこで知り合うのだろう。という顔を今、糸は絶対にしている。僕はしている。花屋敷さんはギリ隠せていない。

「半年くらい前に知り合って、友達とかも交えてよく遊びに行く人なんですけど……この前、初めてふたりきりで水族館に行った時に、告白されて……」

いいねぇ若いって。爽《さわ》やかじゃないですか。僕らなんかよりよっぽど爽やかだよ。僕と糸の雰囲気って、なんかうまく言えないけどジメジメしてるじゃん。

「ひとりは、プロのサッカー選手を目指してる人で」

スポーティなお友達が多いな、小室さん。

「二十五歳の方なんですけど」

「二十五歳……サッカーはよく分からないけど、アマチュアのチームとかに入ってる人？」

「いや今年からサッカーを始めたらしいです」

ヤバいだろそいつ。サッカー舐《な》めすぎだろ。てか人生舐めすぎだろ。

いや、でも熱意さえあれば可能なのかもしれない。よく知らない人の可能性を勝手に閉じてはいけないな。夢を見るのは自由だ。そこに熱意があるならば。

「ワールドカップのメッシを見て、『俺もできそう』って思ったらしいです」

やっぱダメだよそいつ。メッシのあのプレーを見て『俺もできそう』って思えちゃうヤツはヤバいって。想像力が終わってるって。

「もうひとりは、毎週起業とか情報商材に関するセミナーを開いている人です」

やめなさい小室《こむろ》さん。その人と関わるのはやめておきなさい。ついでにサッカーのヤツとも距離を置きなさい。いい子だから。

席を立って言いに行きたくなったが、それでは盗み聞きがバレてしまう。どうすればいい。どう思いますか花屋敷《はなやしき》さん。あ、花屋敷さんもグラス持ったまま右往左往してる。表情はギリ冷静だけど明らかに動揺してる。落ち着いてください花屋敷さん。

「と、とりあえず……サッカーの人とセミナーの人はやめておいた方がいいと思う……」

糸《いと》の所感に僕は「うんうん」と頷《うなず》く。花屋敷さんも「うんうん」と頷いている。

「バレエダンサーの人は……なんで小室さんは、付き合いたくないの？　男友達として一緒にいたら楽しい人なんでしょ？」

「楽しいですけど……恋人になった時を想像できないというか……」

ここまでテンポ良くシャキシャキ返答してきた小室さんだが、ここでなにやらモニョモニョとしてきた。と思いきや、再びシャキシャキしだす。

「だってその人とは音楽とか見てる動画の趣味も合わないし！　寡黙《かもく》でなに考えてるか分からないところもあるし！　箸《はし》の持ち方がなんか変で、めっちゃ三角食べ下手だし！　それに……」

バレエダンサーくんの嫌いな部分を列挙する小室さんは、早口で、ちょっとしどろもどろ。少しだけ振り返って見てみると、頬《ほお》が染まっていたりして。

糸はそんな彼女へ、緊張していた数分前までよりもずっと柔らかく、優しい声で告げた。

「小室さん、違ってたらごめんだけど……」

「へ、なんですか？」

「そのバレエダンサーの人を、嫌いになるように心を動かしてない？」

「え……」

僕は微笑《ほほえ》みを隠すように、コーヒーカップを口へ傾ける。

僕が席を立つ前は、あんなに情けない顔してたのに、気づけば不意に心を突き刺している。ズルいな、『言葉の人』は。そう思いませんか花屋敷さん。あ、ちょっと笑ってる。

「ごめんね。なんかその人のことを、無理やり嫌いになろうとしてるように感じられてさ」

「な、なんでそう思うんですか……？」

「小室さんが言ったその人の嫌いなところ、あんまり嫌いじゃなさそうに聞こえて」

「…………」

「嫌いなところさえちょっと良いなって思い始めたら、それはもう……」

「い、言わないでくださいぃ……」

小室さんは情けない声を漏らす。

もう一度チラ見してみると、顔は手で覆っているが耳まで真っ赤になっていた。

「……告白された日からその人のこと、気になり始めて……音楽とかの趣味が合わないけど、新しいジャンルを知れて楽しいし、なに考えてるのか分からないのがキュンとしたり、食べ方が下手なのも、なんか可愛《かわい》く見えてきて……」

すごい青春してる。今あの子、青春してるよ。

あなたの後輩ウェイトレス、すごい青春してますよ花屋敷《はなやしき》さん。あ、そっぽ向いてる。流石《さすが》にアオハルすぎて直視できませんか。分かりますよ花屋敷さん。

「でも、知れば知るほど私なんかじゃって思って、怖くて……」

「なんで？」

「その人が出てる公演を観《み》に行ったんです。そしたら私、圧倒されちゃって……すごいなって思うと同時に、あの人は自分とは違う世界の人間なんだって思えて……だから、友達くらいがちょうど良い関係なんじゃないかな……」

小室《こむろ》さんの渇いた笑い声が聞こえる。

「だから、糸《いと》さんと冬《ふゆ》さんみたいな、素敵な友達になれたらなって……」

「ダメだよ」

諭《さと》すような声、でもストレートな言葉に、小室さんは「えっ」と驚く。

言った本人もちょっと驚きらしい。どもりながら語る。

「あ、ご、ごめん……でもダメだと思うな」

「なんでですか……？」

「だって、小室さんはもうその人のこと、好きでしょ」

「うっ……」

言い淀《よど》む小室さんへ、糸はなおも整然と意見を述べる。

「好きになりたくない理由だけ積み上げても、好きって気持ちは絶対消えないよ」

「そ、そうなんですか……？」

「単純なプラスマイナスじゃないから、そういうのって。お互いに好意を持ったままで男女の友情関係を続けていたら、いつか歪《ゆが》んだり壊れちゃう――気がする。……分かんないけど」

最後にグラグラと揺れていたが、糸はそう告げた。

「………」

僕は、今だけは絶対に振り向かないようにと、堪《こら》える。

糸がどんな顔でそれを言ったのか。

確かめたいけれど、今糸と目を合わせたらいけないと直感が訴える。

振り向けばきっと、そこにあるのは虚構ではないのだから。

「純粋に好きを貫いた方がいいよ。好きとか嫌いって、どんどん複雑になっていくから」

糸は噛《か》み締めるように、最後に呟《つぶや》くのだった。

「嫌いになりたくないから別れる——なんてこともあるくらいだからね」

＊＊＊

「ごめんごめん。でも糸《いと》のおかげで小室《こむろ》さん、吹っ切れたみたいで良かったじゃんか。これでやっと罪滅ぼしできたな」

「あー、やっぱりあのカスハラの件があったから、無理やり仕組んだんかー」

喫茶ユニコーンからの帰り道。

夜の帳《とばり》が降りても煌々《こうこう》と明るく賑《にぎ》やかな戸越銀座《とごしぎんざ》を、僕と糸は並んで歩く。糸は当然と言うべきか、あからさまに不機嫌だった。

「冬《ふゆ》くんが席を立った時は、本当にあの場でパチキレそうになったよ」

「だろうね」

「あと三ミリ理性が足りなかったらスプーンで冬くんを刺してたね」

「スプーンで刺されるのは逆に怖いな」

とはいえ、想像より怒っていない印象を受けた。

糸なりに罪滅ぼしの必要性を感じていたのか。あるいは小室さんの相談に乗ることは、糸にとってもプラスになったのか。

知りたいけれど、今日のところは掘り下げないでおこう。

「本当に私たちの会話、聞こえてなかったの？」

「もう全然分からなかったよ。ボソボソと声だけは聞こえるけど、内容はさっぱり聞き取れなかった。意外とああいう時ってBGMが邪魔になるんだよな」

「……ふーん」

信じているのかいないのか、糸はジトっとした目でしばらく僕を見つめていた。

「まぁとにかく、よく頑張ったから何か奢《おご》ってやるよ。なにがいい？」

「すべての指の爪」

「もうちょっと穏便なヤツで」

「じゃあケーキ」

「ああ、それならコージーコーナーがあるよ。行こう」

「いろんなケーキをちょっとずつ食べたい」

「好きなだけ買え。残りは僕が食べてやる。食えなかったら明日の朝食だな」

「ふふ、いいね」

ちょっとだけ機嫌が直った糸は、弾むような足取りで僕の前を行く。

女優のように大げさに歩く糸の背中。やけに様になって、街灯も月明かりも、すべての光が彼女を照らすスポットライトのように見える。

それはまるで映画を観《み》ているかのようで、糸《いと》が届きそうで届かない、スクリーンの向こう側へと行ってしまったかのような錯覚を覚えた。

シーシャバーQuasar臨時店員・花屋敷さんの屈託②

こんばんは、花屋敷《はなやしき》です。

十一月二十五日の本日、私は普段働いている喫茶ユニコーンではなく、五反田《ごたんだ》のQuasarというシーシャバーで臨時店員をしています。

当店の経営者であり同居人が、体調不良にもかかわらずどうしても開店したいとのことで、付き添いとして私も民族衣装に着替えて手伝っている次第です。

そんな中、突如として現れたのは喫茶ユニコーンの常連、冬《ふゆ》くん。

つい先週の土曜日にも、糸《いと》ちゃんとユニコーンへいらしてくれました。

ただ冬くんは店での時間のほとんどをカウンターで過ごしていました。糸ちゃんが私の後輩ウェイトレスのナナちゃんの恋愛相談に乗ってあげていたからです。

読書をしているように装っていた冬くんですが、彼女たちの話を盗み聞きしていたことは私にはバレていますよ。ページをめくるペースが明らかに遅かったですからね、ふふふ。

でも気持ちは分かります。とても好奇心をそそられるお話でした。

まさかナナちゃんがバレエダンサーさんに言い寄られているとは。バレエダンサーの人と、一体どこで知り合うのでしょうね。その他にも驚きの連続でしたが、なんとか態度には出さずやり過ごせました。これでも接客のプロですから。

それはさておき。

絶対にユニコーンのウェイトレスだとバレたくない私は、冬くんに名前を聞かれてとっさに『フランキー』と名乗りました。見た目は女、名前はフランキー。その名はフランキー。

「あ、でもフランキーってニックネームは、女性でも使うらしいですよ」

「そ、そうなんですね……」

「いい名前だと思いますよ、僕は」

「ありがとうございます……」

わざわざスマホで調べた上で、気を遣ってくれる優しい冬くんでございました。

その後、私は酒瓶の点検があると言ってカウンターに座る冬くんに背を向け、作業を始めました。気づかれていないとはいえ、近くで話すのは危険ですからね。

何より冬くんがお話ししたい相手は、麻理《まり》でしょうから。

「リリーさん、あんまり体調良くないですか？」

冬くんは私の正体には気づかないくせに、麻理の体調不良はすぐに見抜きました。

別にいいですけどね。

「女性の体調に関しては、気づいてもあまり指摘しない方がいいわよ」

「うっ、すみません……でも声から顔色から、いつもより調子が悪そうだったので……」

「仕方ないでしょう。今日は金曜日な上に、会社員の皆さまは給料日。そんな日に体調不良だから店を開けないなんて、あり得ないもの」

商魂たくましい台詞《せりふ》を吐く同居人ですが、私と冬《ふゆ》くんの心の内はきっと同じなのでしょう。

私たちはほぼ同時に、店内を見回します。

開店から一時間、まだ冬くんしか来店しておりません。

「……なに、何か文句でも？」

「いや、でも……すみません」

「なに？　言いたいことがあるなら言いなさい」

麻理《まり》が冬くんを威圧しています。

これがお客様に対する態度なのでしょうか。ユニコーンでは考えられませんね。

冬くんは小動物のように縮こまりながらも、おずおずと告げました。

「恐れながら……このお店のお客さんは、シーシャによるチルを求めて来ますよね？」

「そうね。好きなだけチルすればいいわ」

「でも金曜の給料日って、どちらかといえば派手に遊んだり飲みに行ったり、アッパーな楽しみ方をする人が多い気がしまして。だからこの店独特のダウナーな雰囲気を、金曜の給料日に求める人って、実は多くないんじゃないかなって……」

人によるでしょうけど、と最後に付け加えて、冬くんは麻理の返答を待ちます。

麻理は、すました顔で数秒間にわたり停止。そして沈黙の末に一言。

「ホントだ」

こういう場面で意固地にならず素直に認める麻理が、私はけっこう好きなのです。

さて。アイドリングトークもそこそこに、麻理と冬くんは本題に入るようです。

『中間報告』とやらだそうです。

冬くんのお話には興味ありますが、私はあくまで臨時店員。なのにプライベートなトークを盗み聞きしては失礼です。冬くんはナナちゃんの話を盗み聞きしていましたけれど。

なので私は意識を酒瓶に移し、静かにお手入れをしていました。

ですが、そうはいかないとばかりに、私の好奇心がカウンターの方へ引っ張られます。

微《かす》かに聞こえてくる冬くんのお話で、私の心は大いに乱されておりました。

「――で、そこでもまたキスしてきたんですよ。秋のキャンペーンだからって」

「ふふ、やるわね糸《いと》ちゃん」

「正直、流石《さすが》だと言わざるを得ないですけど……こっちはもう揺さぶられすぎて、わけが分からなくなってますよ。僕は冷静に自己分析をしたいのに」

「糸ちゃんはそんなの、知ったこっちゃないからねぇ」

冬くんの口から語られるのは、恋人でない糸ちゃんとのお戯れの数々。

他人にバレないようにキスするとか、映画館でイケないことをするとか、ゲームで脱がし合うとか、ふたりでサウナに入るとか。

どうやら冬《ふゆ》くんは、糸《いと》ちゃんが嫌うことを細かく知ろうとしているようです。しかしその過程で語られることが、あまりに衝撃的です。

「正直、糸のあの特殊シチュエーション展開力は、仕事とか家庭環境のストレスによって生み出されていたものだと思っていたんですけどね」

「それらがなくなった今も継続しているなら、もうストレスは関係ないわね。ただの糸ちゃんの性癖だったようね」

糸ちゃんの性癖について話し合っています。ふたりして真顔なのが怖いです。

聞いてはいけないと思いながらも好奇心が勝ってしまいます。気づけば私は酒瓶の手入れをしながらも、意識の九割は聴覚に集中させていました。

再度確認したいです。本当に冬くんと糸ちゃんは、恋人同士ではないのでしょうか。

話を聞く限り、恋人だとしてもなかなか刺激的なことをしているように感じるのですが。

『あ、カップルじゃないんで』

私が初めて冬くんと糸ちゃんを接客した日の、このセリフが何度も頭で反芻《はんすう》されます。

カップルでないのにそんな日々を送っているのなら、それはふたりにとって代えがたい大切な時間だとしても、私だって否定するつもりはないけれど。

この不自由な社会の中では——。

「そうだ、第三者の意見を聞いてみましょうか。ハ……フランキー？」

「ひゃっ！」

突然の名指しに心底驚きます。思っていたよりフランキーの自覚がある己にも驚きました。

「聞こえてるでしょ、この距離だし」

「え、い、いや……」

「あ、すみませんフランキーさん。お聞き苦しい話を……」

「いえそんな……こちらこそ盗み聞きしてしまい、すみません！」

冬くんは、複雑そうな表情で問います。

「正直僕らの関係って、不純ですよね。ハタから見ると」

これに対して麻理《まり》はクスクスと、意地悪を言うように笑います。

「虚構の関係なら、気にしなくてもいいんじゃない？」

「……前にも言ったじゃないですか。虚構から、現実が見え始めたって」

「ふふ、そうだったわね」

「不純でも楽しければいいですよ。でも不純なせいで、それ以上先に進めなくなるようなことになるのは、嫌です」

お話の全貌《ぜんぼう》は見えません。ですがぼんやりと分かるのは、冬くんは今の糸ちゃんとの関係について、変化をもたらしたいと考えていること。

きっと何らかの事情で、冬《ふゆ》くんと糸《いと》ちゃんは『虚構』と呼ばれる関係でしか繋《つな》がれなかったのでしょう。あるいはそんな関係だから、ふたりの心は救われたのでしょう。

ですがその霞《かすみ》がかった虚構から、現実へと踏み出そうとして見えてしまったのが、『不純』な自分たちだった。そういうことなのでしょうか。

でも、だとしたら、たとえこの社会の中では、不純に見られていたとしても——。

ふと、麻理《まり》が私の手を取りました。そのまま引っ張って、冬くんの向かいに立たせます。

「冬くん。この子ね、将来自分のお店を持つことが夢なんだって」

「え、そうなんですか」

「は、はい。小さなカフェを経営できればと……」

「そういうお店の店主になったら、お客さんの相談に乗る機会もあるでしょう。試しに冬くんへアドバイスしてみなさい」

「そんなっ、試しになんて……」

「いや、フランキーさん。今はいろんな人の意見が欲しいです。なので、なにか思ったことがあるならぜひ聞かせてください」

「え、えぇと……」

こんなに長い時間、真正面から冬くんの目を見るのは初めてでした。

その瞳《ひとみ》は、まるで高校生のように純粋です。まだこの醜《みにく》い社会の中で汚れきってはいない、迎合しなくていいことにまで迎合しているわけではない、繊細で綺麗《きれい》な瞳。

そんな目で見つめられると、どうにも弱いです。

「き、聞きかじりなので……あなたともうひと方の関係性は、ぼんやりとしか分かりません。でも、これだけは言えます。たとえ白い目を向けられる関係でも、それが続いたのなら――」

私は、繋《つな》がったままの麻理の手を、きゅっと握ります。

「不純だって、貫けば純愛になるのではないでしょうか」

「っ……」

私はつい、麻理を見てしまいます。

彼女はいつもと変わらず、月光のように美しく、優しく、儚《はかな》い笑みを私に向けていました。

「す、すみません、過ぎた意見かもしれません。忘れてもらっても……」

「いえ、何というか……胸につっかえていたものがストンと落ちたような……うまく言えないですけど、忘れてはいけない言葉のように感じました。ありがとうございます」

「い、いえ……それならよかったです」

そうして私と冬くんは、妙に照れくさい空気の中、微笑《ほほえ》み合いました。

私がウェイトレスとして、冬くんというお客様を知ったのは、半年以上前です。

ですが今、初めて会話したような、そんな気がしました。

「ふふ、よかったわね。ふたりにとって良い夜になったみたいで」

麻理《まり》はこんなキザな台詞《せりふ》を言います。なにを傍観者のようなことを。そもそも冬《ふゆ》くんは麻理の意見を仰ぐために、わざわざ給料日に来たというのに。

「ただ私からしたらね、その程度の戯れで、どこが不純って話よ」

「そうですかね……外でキスしまくりは、流石《さすが》に……」

「なに、キスくらい」

麻理は不意に、私の手をグイッと引きます。

そして——キスしてきました。

「!?」

頭が真っ白です。気づけば唇は離れ、麻理は挑発的に笑います。

突如として女性同士のキスを見せつけられた冬くんは、あわわわとしていました。

「ほらね。これのどこが不純……あたっ」

得意げに言う麻理の頬《ほお》を、私は無意識に引《ひ》っ叩《ぱた》いていました。それにもまた冬くんは驚愕《きょうがく》。

私は無理やり声を落ち着かせ、静謐《せいひつ》な笑顔で冬くんに告げます。

「申し訳ございませんお客様。この通り、やはり店主の調子がよろしくないようなので、本日はもう閉店しようかと」

「……ええ、その方がいいでしょうね。じゃあお会計を」

「え、いやちょっと冬くん？　もう少しいてもいいんじゃない？」

「二千円からでお願いします」

「そうだ、奮発して特別なフレーバーをサービスするわ。だからもう少しチルしていけば？」

「それじゃ、お邪魔しましたー」

「ねぇ冬くん無視しないで？　ちょっと、ふたりにしないで？」

麻理の制止もむなしく、冬くんはスタサッサーと階段を駆け上り、店を後にしました。

その背中を見送り、ゆっくりとこちらを振り返った麻理は、にこやかに言うのでした。

「……じゃあ、続きする？」

もう一発、いきました。

第九話　同窓会

ここ二か月ほど、ほぼ毎週土曜日には糸《いと》と顔を合わせていた。

そして十一月最後の土曜である本日も、僕は糸と時間を共にしている。ただし今夜に限って僕らのスタンスは、今までと同じではいられない。

僕と糸は、ただの元カレ元カノに戻らなければならない。

なぜなら今この空間には僕と糸の他に、八人の顔見知りがいるのだから。

「――というわけで、皆さんグラスはお持ちですかー」

僕の問いに、懐かしい面々はニヤニヤしながら頷《うなず》いている。

ほんと、乾杯の音頭役なんて罰ゲームでしかない。

ウケを狙《ねら》っても高確率でスべるか失笑、でも笑いどころを作らないと終わらせてはいけない圧力がある。居酒屋のお通し文化と共になくなってしまえばいい。

「はいカンパーイ」

僕の心の葛藤《かっとう》など知りもせず、他の奴《やつ》らも口々に「乾杯」と言ってグラスを突き合わせる。

そうしてやっと、サークルの同窓会は始まった。

一か月ほど前、大学時代のサークルOBのチャットグループにて、どこからともなく同窓会をしたいという声が上がった。そこで無駄に行動力のある男が立ち上がる。

「うまいだろーこの水炊き！　取引先と飲む時によく使うんだこの店！　崇《あが》めろ俺を！」

「はいはい、偉いな山田《やまだ》は」

「ねぇ冷たい～！　大学時代の山瀬《やませ》はもっとノッてくれたのにぃ～！」

「うぜぇ……なんでこの歳《とし》になってもそのウザさをキープできるんだよ」

マジうるせぇバカこと、山田である。ほぼ半年ぶりの再会だが厄介絡みは相変わらずだ。

山田が幹事になったことでスムーズに話は進み、忘年会シーズンが始まる直前、十一月最後の土曜日に開催決定。そうして同期や先輩や後輩と、懐かしいメンバーが揃《そろ》ったわけだ。

「しかしよく十人も集まったよな。結構急な話だったのに」

僕のこの言葉に、他の面々も同意する。

「大阪とか名古屋《なごや》にいる人は仕方ないけど、都内で働いてるメンツの集まりはいいわね」

「そこはもう山田の手腕と言わざるを得ないかもな。しかも座敷でほぼ個室で料理もうまくてひとりこのお値段と、店選びも完璧《かんぺき》だ」

「山田は幹事としての優秀さだけは昔から定評あったからな」

「ああ。逆に言うとそれだけなんだけどな」

「それ以外の能力がオールマイナスだから、トントンにもならないのよね」

「おいお～～い！　聞こえてますよ～～、幹事の耳は地獄耳～～！」

このとびきりのウザさを愛嬌《あいきょう》に変換し、現在山田《やまだ》は保険営業マンとして活躍している。

かつて我がSF研究サークルの仲間たちの間で、山田は卒業後に社会でやっていけるのかと本気で心配されたものだ。あの問題児がこうして立派に働き、それでもマジうるせぇバカの名に恥じない個性を保っているのだから感慨深い。いや保つなそんなもん。

「幹事として立ち回ったんなら、乾杯の音頭もお前が取れよ」

「いやいや、そこは俺らの代のサークル代表がすべきでしょう！」

「いつまで代表なんだ僕は」

「そりゃ死ぬまでに決まってるでしょーが！　これからも乾杯の音頭みたいなしち面倒くさいお仕事、よろしく頼みますよ！」

「頭カチ割りてぇ……」

「おいおい代表がパチキレてるぞ皆瀬《みなせ》！　どうするこれ！」

そこで山田から糸《いと》へ、よく分からないパスが送られる。しかし糸は慌てず騒がず。

「あはは。山田くんが頭カチ割られれば、すべて解決するんじゃない？」

「やだ！　カチ割られたくない！」

「あと『パチキレる』は私の面白いヤツだから、月額料金を払ってね」

「ひえぇ……皆瀬語のサブスク……？」

サークルでの糸は、どちらかといえば大人しい良い子ちゃんなので、普段よりもずっと落ち着いた口調である。ただ内容は流石《さすが》のキレ味なので、場も笑いに包まれる。

しかし山田よ、突然元カノに話を振るとかメンタルどうなってんだ。糸がうまく返したからよかったものの、一瞬場の空気が凍りかけていたぞ。

普段の僕と糸を知らない同窓会メンバーからすれば、僕らの今この場での関係性は「久々に会った元カレ元カノ」といった具合。ゆえに微妙な気遣いが見える。

その証拠に、糸の席は僕の右斜め前のさらに隣という、それなりに遠い位置に設定された。ただ隣が話題の中心になりがちな山田であるため、やけに視界に入る。

糸は僕と目が合っても、サークルモードの良い子ちゃんな笑みを浮かべている。

それが、なんかこう無性にエロい。

この場にいるみんなが気まずいだろうと気を遣ってくれている僕と糸は、実は昨日も一夜を共にしていて、フェアリーテイルもするし外でキスもする、でも恋人ではないというあまりに不可思議な間柄。けして人には言えない秘密の関係。

そんなふたりがわざと余所余所《よそよそ》しく振る舞っているこのシチュエーションは、それだけで妙にそそられる。ホガホガとするのだ。

間違いなく、糸もそう思っているだろう。

あるいは演出家としての顔も持つ彼女は、すでに何かしらの官能的な着想を得ているのかもしれない。それゆえのあの穏やかな笑みなのかもしれない。

マズいぞ糸《いと》、この場でキャンペーンは絶対にマズいぞ。

でも、まだギリギリ秋なんだよなぁ。

「しかし俺らも変わらねえなー」

「お前らの顔を見ると、感覚が大学時代に戻るんだよなぁ」

「でも飲み方は流石《さすが》に変わったよ。現役時代の学祭なんて最悪だったもんな」

「うわ懐かしいー！　山田《やまだ》が警察に連行されかけたのって、いつの学祭だっけ？」

周りの皆が昔話に花を咲かせ、僕もそれに付き合い笑ったり怒ってみたりと表面的には取り繕いながらも、心の片隅では糸を意識してしまっていた。

これだけ距離が離れているなら、手も足も届かない。ならばいつかのアフタヌーンティーや映画館のような行動は起こせない。これだけの目があるのだから当然キスなんてできない。

この同窓会で特殊プレイなど不可能だ。難攻不落と言ってもいい。そもそも糸は何も考えていないのかもしれない。僕の独り相撲なのかもしれない。

それでも、そこにいるだけで、たまに目が合うだけで心がホガホガしてしまう。

僕はある意味で、とんでもない呪《のろ》いをかけられているのだ。

「ハッ……！」

「ん、どうした山瀬《やませ》～？」

「い、いや……ちょっとしゃっくりが」

「なんだ～？　もう酔ってんのか山瀬《やませ》ちゃ～ん？」

山田《やまだ》のウザ絡みを聞き流しながら、僕は視界に映る糸《いと》の行動に動揺していた。

糸は今、かまぼこを食べていた。

思い出されるのは、昨晩のピロートークだ。

「あのね冬《ふゆ》くん、これだけは覚えておいて」

ベッドで並んで横になっているスッポンポンの糸は、神妙な面持ちで告げた。

「これから数週の間、少しでもかまぼこが食べたいと思ったら、すぐにでも買いに行ってね」

「急にどうした」

糸の肩まで布団を被《かぶ》せてやりつつ、僕は軽いツッコミを挟んだのちに話を促す。

ピロートークの内容は、これくらいがちょうどいい。

「なぜなら……年末年始のかまぼこは、クッソ高いの！」

「え、そうなの？」

「あれは、去年のクリスマス後のこと……」

突如、かまぼこにまつわる過去編が始まった。

「なんか突然、かまぼこにわさび醬油《しょうゆ》をつけて食べたくなった私は、スーパーへ行きました。特に値段も確認せず私は、かまぼこをカゴに突っ込みました。しかし、レジにてお会計をしてもらっていたその時、愕然《がくぜん》としたのです……！」

糸はガタガタと己の身体《からだ》を抱いて震えながら、言い放つ。

「かまぼこ、八百円ッ！」

「高っ」

「資本主義ッ……あまりにも資本主義ッ！」

勢いよく頭を抱える糸。おっぱいがポロリしても気にせず慟哭《どうこく》している。去年のことなのにそこまで悔しがれるとは、よほどショックな出来事だったらしい。

僕は再び肩まで布団をかけてやりつつ同調する。

「スーパーとかメーカーからすれば、年末がかまぼこの消費を一番期待できるっていう理屈は分かるけど……そりゃないよって話だよな」

「そりゃないよ……あたしゃおせちを作る気なんてなかったのに……社畜会社員が、ただただ晩酌でかまぼこを食べたかっただけなのに、この仕打ち……っ！」

「レジで『やっぱいいです』とも言えないしな」

「言えない……っ！　だってそんなこと言ったら店員さんに、『コイツかまぼこの年末価格に恐れをなしたな』と思われるから……っ！」

トラウマを告白した糸は「うううぅ……ッ！」と唸《うな》りながらベッドでジタバタ。例によって色々とポロリしているが、どうでもいいらしい。

もう好きなだけ暴れるがいいと、僕はその姿を優しく見守っていた。

そんな糸《いと》が一夜明けて今、居酒屋のかまぼこを食べている。

それはつまり去年の教訓を生かし、年末までの間に少しでも多くのかまぼこを摂取しようと目論《もくろ》んでいる証拠だ。年末へ向けてかまぼこ欲の解消に勤《いそ》しんでいるのだ。

そしてそんな姿を僕の視界で見せているこの状況、完全に匂《にお》わせている。

昨日の夜のことを思い出させようとしている。

かまぼこからポロリを想起させようとしている。

糸、お前はなんという策略家なんだ。突然そんなかまぼこ攻めされても受け身を取れるわけがないだろう。そしてきっとこんな僕の悔しささえ、糸は美味《おい》しくいただいているのだろう。

かまぼこにわさび醬油《しょうゆ》と僕の苦悶《くもん》をちょんちょんとつけて味わっているのだろう。

糸、これがお前のやり方か……ッ！

「どうした山瀬《やませ》～、顔が険しいぞ～」

「……かまぼこの、わさびが効きすぎてな……っ！」

「なんだそりゃ……ってお前、めちゃくちゃかまぼこ食ってんな！　そんな好きだったか？　しょうがねえから俺の分のやるよ！」

「……サンキューな」

山田《やまだ》から賜ったかまぼこを、僕はもひもひと食べ続けるのだった。

僕も糸もかまぼこを食べ終えたところで、しばし平穏な時間が続く。異次元のかまぼこ攻めで満足したのか、糸はそれ以降、大人しく同窓会を楽しんでいるように見えた。

右隣こそ山田だが、糸の周りはほぼ女子で固まっている。

そりゃ女子同士での方が話は盛り上がるだろう。僕は山田の話を聞いているフリをしつつ、女子たちの会話にこっそり耳を傾けてみる。

「ハッ……！」

「ん、なんだよ山瀬～？」

「い、いや……ちょっとしゃっくりが」

「またかよ～！　いいから俺の彼女の話を聞けよ、そして羨《うらや》めよ～！」

山田のウザ絡みを聞き流しながら、僕は聞こえてくる糸の発言に動揺していた。

「てか春っちょだって、ち○かわ見てるって言ってたじゃーん！」

糸は今、ち○かわの話をしている。

思い出されるのは、昨日の深夜のこと。

ピロートークからぬるっと睡眠へ誘われていく、夢と現実の狭間《はざま》。

その時、糸が「はっ……」と目を開けた。

「なんだ、夢か……」

リアルでそれ言う人って本当にいるんだなと思った。

「どんな夢？」

「ち◯かわが出てきた」

「ち◯かわの夢よく見るな」

かつて糸《いと》は寝言で「ち◯かわボコりてぇ」と物騒なことを言っていたが、本人に覚えはないらしい。首を傾《かし》げていた。

糸はポヤポヤした口調で、夢の内容を語り始める。

「私がね、中学生なんだけど」

「いきなり無理ある設定だな」

「ぶっころ。それでね、私は皆の給食費をコツコツ盗んで貯めたお金でｉＰａｄを買ったの」

「極悪だな」

「そしたらクラスメイトのち◯かわにそれがバレて、タコ殴りにされて」

「ボコり返されてんじゃん、ち◯かわに」

「そしたら冬《ふゆ》くんが教室に入ってきて」

「僕も登場すんのかい」

「私たちの喧嘩《けんか》を止めながら『顔を殴られると顔が痛いんだよぉ』って言ったの」

「めっちゃバカっぽいな僕」

「で、冬くんもち◯かわにボコボコにされてた」

「役に立たないな僕。てか僕は何者なの。クラスメイト？　教師？」

「いや、冬くんは冬くんだった。ゲーム会社勤務の会社員」

「なんで僕だけカメオ出演なんだよ」

記憶にあるのはここまで。その後、僕と糸はスヤァと眠りについた。

そんな糸が一夜明けて今、ち◯かわの話をしている。

もうこんなの、匂《にお》わせ以外の何物でもない。

昨晩のことを思い出させようとしている。ち◯かわからポロリを想起させようとしている。

いやち◯かわの話にポロリは関係ないか。むしろボコりか。改めて考えるとち◯かわはあの体でどうやって僕と糸をボコボコにしたのだろう。

糸、これがお前のやり方か……ッ！

こんな特殊な空間だからか、久々の同窓会が楽しくて酔いが回っているからか、独り相撲がなかなか斜め上の方向へ展開している。

なにを勝手にホガホガしているのかと、不意に異常な思考を自覚してしまった。

「…………………」

ふと、これだけ糸のことを意識して見ていると、改めて気づくことがある。

同窓会に限らずだが、こういう場での糸は、普段の彼女とはけっこう異なる。

悪く言えば、猫を被《かぶ》っているように見える。つまりはそれだけ大人しいのだ。

僕とふたりで飲んでいる時の糸はもっとハシャいでいるし、もっとキレキレな発言をする。

仲の良い女子だけでいる時は、多少はっちゃけるらしい。だがこういった知り合いくらいの人も交じっている飲み会ではだいぶ大人しくしている。

僕の前でだけハシャぐということは、それだけ僕に心を許しているということだ。

その事実は喜ばしいと思う。そのままでいてほしいとも思う。

でも一方で、懸念している面もある。

『私は人の顔色ばかりうかがって生きてきましたから』

糸《いと》がよく言う自虐。つまりはこの意識が作用して、本来の自分を出せないでいるのだ。

別に猫を被《かぶ》るのは悪いことではないと思う。特に社会人にとってはある程度、表と裏の顔を使い分ける方が良いだろう。

でもそのせいで、こういう場で言いたいことを言えない糸は、ちょっと気になる。

「そういや糸、今の会社はどう？」

ふと、女子のひとりが糸に問いかける。

「うん、すごい楽しいよ。毎日残業だけど、やりたいことができてるから全然苦じゃない」

「なら良かったわ。実際、良い顔してるもんね」

「今だから言うけど、転職する前のあんたちょっとヤバかったもん。顔色とかがさ」

「あはは、ごめんねー心配させちゃって。もう大丈夫っ」

「なになに？　皆瀬《みなせ》って転職したの？」

女子たちの話に割って入ったのは糸の隣の山田《やまだ》。だいぶ酔っ払っているように見え、こちらまでヒヤヒヤしてしまう。

「そうだよ。今は編集プロダクション」

「へー、なんで転職したの？　前のところ、けっこう良い会社じゃなかったっけ？」

「でも全然やりがいがなかったから。それに比べて今の会社では、好きなことできてるんだ」

「は〜、好きなことな〜」

山田はその言葉を、あまり肯定的でないニュアンスで繰り返している。

さらに糸の正面に座る女子にも投げかけた。

「そういや尾美《おみ》も好きなことを仕事にしたタイプだよな、漫画編集って」

「そうね。漫画が好きだから」

「俺には、好きなことを仕事にしたいって感覚がよく分からんのよな〜」

山田はヘラヘラとしながら腕を組み、語り出す。

「好きなことってのは趣味だろ〜。それを仕事にして食っていくって、なんか子供っぽいっていうか、欲求を満たしたいだけって感じで甘くねぇかな〜。働くってもっとこう現実的でさ、嫌なこととかを乗り越えてさ〜」

これはまた、頭の硬い大人が言いそうなことをつらつらと。山田がこういうことを言うのはちょっと意外だ。バカだしうるせぇが、こんなつまらないことを言う男ではなかった。

こいつも社会の醜《みにく》い部分に浸《つ》かって、つまらない大人になってしまったということか。発言自体よりも、山田《やまだ》の嫌な変化を目の当たりにして少しショックを受けてしまった。

おそらく尾美《おみ》は、こういった論調を聞き慣れているのだろう。明らかに聞き流している。

だが糸《いと》はどうか。生まれて初めて自分の好きな仕事に没頭して、好きなものに囲まれた生活を送り始めてまだ日が浅い。なのでこういう正論を装った偏見に晒《さら》されるのは初めてだろう。あるいは転職をする際に、父親からクドクドと言われたかもしれない。いかにもあの父親が言いそうなことだし。

とにかく、間違いなく言えること。糸は今、ちょっと不快に思っている。

山田も悪気はないのだろうが、無邪気な言葉の刃《やいば》ほどキツいものはない。

本当なら糸は思いきり反論したいはずだ。ここで山田との関係を断ち切ってもいいくらい、ありとあらゆる言葉で対抗したいだろう。

なぜなら山田の言葉は、糸が血の滲《にじ》むような思いをして手に入れた今の生活を、全否定するようなものなのだから。

だが、それでも糸は、笑っていた。

「はは、確かにねー。ちょっと甘いのかなぁ」

「そうだって～！　もっと広い視野で考えた方がいいぞ～！」

山田の言葉をちゃんと受け取って、それなりに肯定して、丁寧に返答している。

そんなことをする必要ないのに。あんな偏った意見なんて千切って投げてツバのひとつでもかけてやればいいのに。

『私は人の顔色ばかりうかがって生きてきましたから』

でも、これが糸のスタンダードなのだろう。

自分の感情を心の奥にしまって、本音とは真逆の言葉さえ口にする。あの父親との生活の中で植え付けられてしまった、本質とは異なるスタンス。

僕はそれを、個性だと認めたくない。

僕は糸の、バカみたいに空気を読むところが嫌いだ。

でもきっと糸は、そのスタンスから逃れられないのだろう。本当に教育というのは呪《のろ》いだ。

おそらくいつまでもついて回るのだ。いつかわずかでも、消し去れる日は来るのだろうか。

そんないつ訪れるかどうかも分からない時を、待ってはいられない。

だからここは――僕が糸の代わりに山田を斬《き》ってやる。

そもそも今の山田の発言は、僕にとっても気分が良いものではないのだから。

「聞き捨てならねーな！　やーまだ！」

シラフで熱くなっていると思われたくないので、酔っているフリをしておく。

こういう場面で『酔い』に逃げるあたり、僕も大人になったなと少し寂しさを覚えた。

僕の突然の参戦に、糸と山田、尾美も驚いて視線を向ける。

「好きなことを仕事にするのが甘いとか言ったのは、どこのどいつだ～い？」

「アタシだよ！　そういや山瀬《やませ》もゲーム会社だったな」

「おおよ。僕は昔から、ゲーム会社に入る以外考えてなかったからな」

空気を悪くしないように意見するのって難しい。なんとかコメディ方向に振り切らないと。

そんな意識の甲斐《かい》あってか、尾美《おみ》は呆《あき》れるように笑ってくれていた。

ただ糸《いと》は、急に笑顔を引っ込めて、引き締まった表情で僕を見つめていた。

猫の皮、剝《は》がれかけてますよ。

「子供の頃から僕らを守ってくれた好きなものを、より発展させて世に広めていく仕事をすることのどこが甘いんだっつーの！　恩返しだよっ、尊いじゃねえか！」

「お、おお……確かに尊い……っ！」

「つーか好きなことを仕事にするのは、それはそれでしんどい面もあるんだからな！　嫌いになりそうになる瞬間なんていくらでもあるし！　むしろ嫌いにならないように毎日努力してる気さえするわ！　な、尾美!?」

尾美は「あーもー本当その通り」と大きく頷《うなず》く。

思ったよりも熱くなってしまっているが仕方ない。本心なのだから。

社会人からほんの一歩だけ後退しても許されるのが、同窓会というものだろう。

始めは糸の代弁のつもりだったが、最終的には僕自身のための熱弁になっていく。

「好きなことだから本気になれるんだよ。好きなことだからこの人生を賭《と》して働けるんだよ。好きなことだから、このクソみたいな社会の中で思考停止しないで、働かされるんじゃなくて自分の意思で働けるんだ！　分かったか山田《やまだ》！　満足かいこのブタ野郎！」

最後にはしっかり◯しおかすみこ。始めと終わりで◯しおかすみこ。完璧《かんぺき》な仕上がりだ。

なんとかユーモア溢《あふ》れる空気感で終わり、糸も尾美もどこか安堵《あんど》した様子で笑っていた。

だが当の山田は、様子がおかしい。なにか俯《うつむ》いている。

「……山瀬」

「ど、どうした山田」

「俺……気持ち悪いかも」

「えっ」

面を上げた山田は、マズい顔をしていた。見覚えがある顔色だ。なぜなら僕は大学時代に、コイツのリバースを何度も目撃しているのだから。

「おいバカやめろっ、出禁になるぞ！　取引先と飲む時によく使うんだろ⁉」

「うぅ……トイレ……」

「ああもう！　なんでそういうところは変わらねえんだよ！」

僕は慌てて山田を引きずって座敷から飛び出す。その様子に同窓会メンバーたちは「おお、懐かしい！」などと沸いていた。何で昔を思い出してんだコイツら。

やっとこさ山田《やまだ》を個室トイレに押し込むと、数秒ほどで不快なリバース音が聞こえてきた。なんとか間に合ったようで一安心である。

「一滴もハミ出さすなよ。その瞬間に出禁になると思え」

「うぅ～出禁はマズい～……」

「なんでそんなになるまで飲むんだよ。自分の限界くらい分かってくるだろ、社会人なら」

「仕事で飲む時はこんなに酔わねぇよ～。量だっていつもと変わんねぇのに……」

「あー……」

確かに仕事の付き合いだと、いくら飲んでもそこまで酔わない。逆に仲間内で飲む酒はすぐに酔いが回る。人間の身体《からだ》って不思議だ。心の仕様なんだろうけど。

「ペースが良くなかったなぁ……この店の酒って、こんなにうまいんだと思ってさぁ……」

扉の向こうから聞こえてくる山田の声は、だいぶ弱々しい。

コイツなりに、社会に揉《も》まれてストレスを抱えているのだ。だからって先ほどの発言を良しとはしないが、忘れてやってもいい。どうせコイツも覚えてないだろうし。

「店に迷惑がかからない程度に籠《こ》もって出すもん全部出せ。そんで平気な顔して戻ってこい。それが山田という男だ。皆の期待を裏切るなよ」

「あ～い……」

そうして僕は皆がいる座敷へ戻ろうと、男子トイレから出る。

すると女子トイレ付近に、意外な人物が立っていた。

「糸《いと》？　なにしてるんだ、そんなところで」

糸はスマホに目を落としていたが、僕を見つけると歩み寄ってくる。

表情は真顔。しかし赤ら顔で無言。ちょっと変な雰囲気だ。

「どうした、気分でも悪い――んんっ!?」

そのキスは、これまでの戯れるようなキスとは異なる。

騙《だま》し討ちとは言い難い、真正面からのキス。長く、脳がとろけるよう。

身体を擦《こす》り付けるように思いきり抱きつかれ、こちらもつられて強く抱きしめる。

目と鼻の先、襖《ふすま》の隙間《すきま》からは旧友たちの賑《にぎ》やかな声が聞こえる。

そんな場所で山瀬冬《やませふゆ》と皆瀬《みなせ》糸という元恋人同士は、けして見られてはいけないキスをした。

「――ありがと」

唇を話した直後、糸はそう呟《つぶや》く。

そうして糸はうっとりするような笑みを残して、女子トイレに入っていった。

しばし脳が停止していたが、ハッとして周囲を確認。幸い誰もいなかった。

とはいえ居酒屋の廊下で、しかもすぐそこで同窓会の真《ま》っ只中《ただなか》。

僕は気を落ち着かせ、ハンカチで口元を入念に拭《ふ》き、同窓会へ戻った。

糸もまた数分後、口紅を整わせて、なに食わぬ顔で戻ってきた。

秋の最後に、とんでもないフェアリートラップをかまされてしまった。

その後の同窓会の会話は、いまいち記憶にない。

すべてあのキスで、かき消されたような気分だった。


同窓会がお開きになると、糸《いと》は家が同じ方向だという女友達と一緒に帰っていった。

僕は山田《やまだ》を含めた数人の男たちに連れていかれ、朝までカラオケで飲めや歌えやの、社会人とは思えない大騒ぎに付き合わされるのだった。

ちなみにカラオケにて、皆の目を盗んで僕は糸にラインをした。

どうしても確認したいことがあったからだ。

僕の質問に対する返信は、左の通り。

『ち〇かわの夢の話はマジで記憶にないけど、かまぼこ攻めは狙《ねら》った』

本当に、恐ろしい女である。

第十話　二十五歳

これは九月の下旬。糸《いと》の、転職先への初出勤日直前のことである。

僕はリリーさんのシーシャバーを訪れていた。

「ひとりなんて珍しいわね。というか初めてじゃない？　いつも糸ちゃんと一緒に来るのに」

「はい……」

僕のこの声色や表情から察したのだろう。

リリーさんはカウンターから少し身を乗り出し、僕の耳元で小さく囁《ささや》く。

「カウンターのお客さん、あと十五分くらいで時間だから、待ってなさい」

そうして素っ気なく振り返ると、リリーさんはカウンターの別のお客さんの下へ歩み寄る。

彼女が纏《まと》うのは、いろんなシーシャのフレーバーがかけ合わされた、不思議と惹《ひ》きつけられる香り。それが、鼻の奥にしばらく残っていた。

リリーさんの言った通り、十五分ほど経つと件《くだん》のお客さんはお会計をして店を出ていった。

カウンターが僕ひとりになると、リリーさんはグラスに一センチほどのウイスキーを注ぎ、

「よいしょ」と僕の前の高いイスに座った。

「どうしたの？　フラれた？」

「なんでですか。告白してませんし、僕と糸は付き合ってもいません」

「誰も糸ちゃんになんて言ってないけど」

リリーさんはクスクスと笑う。彼女は僕に対してはちょっと意地悪になる。きっとからかいやすいと思っているのだろう。悔しいが、どこか嬉《うれ》しくもある。

「なにか話したいことがあるんでしょ？　どうせ糸ちゃん絡みでしょうけど」

「なんで決めつけるんですか」

「違うの？」

「……そうですけど」

身体《からだ》を揺らしながら必死に笑う声を堪《こら》えるリリーさん。他のお客さんに気を遣えるのなら、なぜ僕に対しても優しくしてくれないのか。

それはそれとして、本題に入る。

「そろそろ、自分の気持ちをハッキリとさせたい、と思っています」

自分の気持ちとは何なのか、と聞くまでもなくリリーさんは応える。

「あら、そう。虚構の時間はもう終わり？」

「終わりにすべきか続けるべきかの判断をしたい、ということです」

リリーさんは「ふぅん」とどこか興味なさげに聞く。

彼女には僕の今抱いている感情まで、知られているように感じる。根拠はないがこの人にはそういう雰囲気がある。

というのも実はリリーさんには、すでに白状していた。

『僕はずっと、腹の底ではいつだって、ぼんやりと糸《いと》が好きなままですよ』

僕が糸に対して抱いている、最も純粋でありのままの感情。もう数か月前に僕はリリーさんにだけ明かしていたのだ。

それでも僕が未来に何も残らない『虚構』関係で満足していたのには、様々な理由がある。

糸が恋愛に夢を持たなくなったからとか、今の関係が心地いいからとか、本気の恋愛は疲れるからとか、再び糸を失うのが怖いからとか。

だがここへ来て、虚構から脱するべきか悩んでいる原因は、大きく分けてふたつある。

ひとつは、糸の転職だ。

「環境の変化によって、糸の心が変わるかもしれない……それが怖いんだと思います」

「なるほどね。糸ちゃん、編プロだっけ」

僕と糸の関係はある種、社会から逃げるために築いた居場所だ。

でも糸が新しい会社で、自分のやりたい仕事を精一杯できるようになるなら、もしかしたらもうそんな場所は必要なくなるかもしれない。

そうでなくても編集プロダクションというのは多忙と聞く。僕と会う時間的な余裕がなくなれば、少なからず関係は変化するだろう。

そうして気づかぬうちに関係が冷めてしまった、ということは避けたい。

そしてもうひとつは、僕の事情だ。

「二か月以内に、方向性を固めたいと思っているんです」

「何その具体的な数字。二か月後に何かあるの？」

「実は十二月三日は……僕の誕生日なんです」

リリーさんは僕の目を見て沈黙。しばらくして首を傾《かし》げる。

「誕生日？」

「はい。二十五歳になります」

「へぇ、それで？」

信じられないものを見るような目を、僕はリリーさんに向ける。

「何？　何が言いたいの？」

「祝ってほしいじゃないですか！」

「はぁ……そうなの？」

「当たり前です！　だって二十五歳ですよ！」

「え、年齢の問題なの？」

一から十まで説明しないといけないのかと僕は嘆息。するとリリーさんがナイフを持ち出したので警戒するも、おもむろにサラミを切り始めた。紛らわしい。

「二十二歳から二十三歳、これは良し。二十三歳から二十四歳、これも全然余裕」

「うん」

「でも二十四歳から二十五歳、これはヤバいでしょ！　一気に大人になる感が！」

「そうなの？」

「そうですよ！　体感としては三歳くらい老けます！」

「いや一歳しか老けないけど」

「分からない人だなぁ！」

ここまで言うとリリーさんは、ついには堪《こら》えきれなくなったようで大笑いするのだった。

リリーさんにはニュアンスが伝わらなかったみたいだが、二十五歳問題は由々しき事態だ。いよいよ若者のレッテルが剝《は》がれ、真に大人として孵化《ふか》しなければいけない年齢。

それが二十五歳だと、僕は思っている。

その世紀の瞬間を、ひとりで迎えるのはツラい。去年も一昨年も誕生日はひとりだったし、それでも全然平気だったが、今年は重みが違うのだ。

だからこそ十二月三日の土曜日、もっと言えば前日金曜日の夜から一緒にいてほしい。〇時になる瞬間にジャンプしたい。きららジャンプして現実から逃れたい。

「まぁ、冬《ふゆ》くんがどれだけ二十五歳の誕生日を大事にしているかは伝わったわ」

「良かったです」

「で、だから何？　誕生日に誘えばいいじゃない」

「そこが、悩みどころなんです」

「なんで？」

「正直、今の糸《いと》との関係において、誕生日に誘うのはちょっと踏み込んだ行為なんですよ」

「えぇ……そう？」

　恋人じゃない、でもただの友達じゃない。

　この繊細で複雑な関係を保つために、僕は常に距離感を意識している。

　そこへ来て僕の誕生日。その日の夜にふたりきりで会いたい、という誘いは、この関係の上ではハードルが高いと感じる。

　それこそ本当に、恋人同士でなければ。

「ただ裏を返せば、二十五歳の誕生日に誘うことが、糸へのサインになるとも思っています。だからこそ、自分の気持ちをハッキリさせる必要があるわけです」

「そういうことね。回りくどいというか、慎重ね。自信がない人だとは思っていたけど」

「それと、僕と糸がもう一度付き合うとしたら、それはもう学生時代の付き合うとは、意味が違ってくるので。真剣な、とても現実的な関係でなければならないので」

「それはまぁ、そうでしょうね」

　一度別れた僕らが、互いに二十五歳という年齢を前にしてもう一度付き合うということは、その先も見据えるということ。

逆に言えば、僕と糸《いと》ではそんな関係になれないと自覚したならば、それが糸にとって幸せな着地点でないのなら、僕らは虚構のままであり続けるべき。

その判断を、すべき時が来たのだ。

「つまりこの二か月間で、虚構から現実に向かう関係でありたいと考えたなら誕生日に誘う、そうでないなら誘わない、ということね」

「その通りです。もしも後者なら誕生日はここに来ます」

「ふふ、そう。好きにしたらいいわ」

リリーさんは月の光のような微笑をたたえながら、シーシャの煙をふかす。そうしてグラスをフラフラと回して傾ける。

「ならこの二か月、いっぱい考えなきゃね」

「はい。ただどこから、というよりどの方向性で考えようかと迷っているところで」

前置きが長くなったが、この悩みをリリーさんに聞いてもらおうと思い、今夜この店の扉を開いたのだ。

するとリリーさんは、考えるそぶりも見せずさらっと応える。

「それはやっぱり、別れた頃に立ち返るべきでしょう」

「……そうですよねぇ」

「あまり思い出したくないって顔をしてるけど、そこから逃げて現実の関係になったら、同じことを繰り返すわよ」

痛いところを突く。しかし紛れもない正論だ。

「そもそも、冬《ふゆ》くんと糸ちゃんはなんで別れたの？」

「なんでと言われると……ひとつじゃないというか、複雑な事情もあったりして……」

就活の時期、やりがいを優先する僕と安定を優先する糸との間で溝が発生し、互いに互いを思っていられる余裕もなく、顔を合わせれば自分の主張ばかり。気づけばふたりきりの時間が一番の苦痛になり、別れた。ただ当時の糸は父からの圧力で堅実な会社を優先させられていたらしい。あの時分かってやれていればと、今にして思えばそう感じるばかりだ。

と、そんな陰鬱《いんうつ》とした話をダラダラと聞きたくないと思ったのだろう。

リリーさんはグッと顔を詰めて圧をかける。

「短く！　十文字で！」

「糸を嫌いになりたくなかったから！」

十七文字になってしまったが、自身の本心を簡潔にまとめられた気がする。

「なら、それを中心に頭を巡らせればいいじゃない」

「嫌いになりたくなかった……つまり糸の嫌いな……」

「二十四歳男性のガチガチな恋愛観にあてられて肩が凝っちゃったわ。この話やめましょ」

ひどい。でもなんかすみません。

「そうだ、お客さんにジェンガもらったのよ。一緒にやりましょう。懐かしいわー」

「え、いや僕はいろいろ考えようかと……」

「私の誘いを断るの？」

「……やらせていただきます」

その後しばらく、僕とリリーさんはカウンターに積まれたジェンガに興じた。

リリーさんなりにあまり深く考えすぎない方がいいと思って誘ったのか、単にリリーさんが遊びたかっただけか。

僕は、後者だと思う。

＊＊＊

糸《いと》のことを嫌いになりたくないと、あの日の僕は言った。

糸は「分かるよ」と言った。

そうして僕らは別れた。意外とあっさりだった。

思い返せば僕と糸は、付き合った三年の間、一度も喧嘩《けんか》をしたことがなかった。

不穏な空気になることはあったが、それだけ。激しく言い合う事態に陥ったことはない。

でも人間同士、絶対に気に入らない部分もあるはず。それでも喧嘩をしなかったということはつまり、お互いに飲み込んでいたか、耐えていたか。

それは、僕と糸の器が大きいからではない。

僕らはお互いに、嫌われることを恐れていたのだ。

だって僕も糸も、自信がなくて、空気を読んでしまう人間だから。

だから僕は、糸を嫌いになりたくなかった。

何よりも——糸に嫌われたくなかった。

だから別れを告げたのだ。

でももし、僕らの関係をあの頃以上のものへ進めたいなら、「嫌われたくないから我慢する」はもう通用しない。通用させてはいけない。

嫌いを受け止めて、嫌いを受け止めさせて、その上で共に生きていけると信じ合えた者が、きっと大人として『正しい』関係になれるのだ。

つくづく、正しく生きることは難しい。虚構の関係の方がずいぶん楽だ。

虚構ならあの頃と同じで、飲み込めば済むのだから。

それでも、正しさには価値がある。社会的にだけでなく、きっと僕自身にとっても。

思考がだいぶ遠回りしてしまったが、つまりは糸と僕がそういう関係になれるかどうかを、判断すべき時なのだ。

そしてその判断基準は、糸《いと》の「嫌い」。それを僕が受け入れられるかどうか。

それが、糸とどうなりたいか、という命題の答えに繋《つな》がるのだ。


そうして気づけば僕は、糸の「嫌い」を目で追っていた。

散見された「嫌い」とその考察が、左の通りである。

糸はバカップルと感動ポルノ映画が嫌いだ。両方観《み》なきゃいい。

糸は自分らしく楽しく生きられないのが嫌いだ。一緒に努力していければいいと思う。

糸は話をいい加減に聞かれることが嫌いだ。これは僕が気をつけます。

糸は酔った状態でのフェアリーテイルが嫌いだ。気をつけますが場合によっては応相談。

糸は負けず嫌いだ。面倒くさいけどそれなりに付き合いますよ。ちょっと可愛《かわい》いし。

糸は初対面の人との会話が嫌いだ。僕への嫌いじゃないから問題なし。あとこれも可愛い。

そして番外編。僕は糸のバカみたいに空気を読むところが嫌いだ。

これが一番不安だけど、幸い僕自身も同じ、空気を読みすぎるタイプだ。だからこそふたりの時だけは、空気を読まなくてもいい雰囲気を作っていけばいい。つまりは要努力。

いろいろな「嫌い」があった。しょーもないものから、価値観を投影するものまで。

総じて言えるのは、僕の意識次第で受け止めきれるということ。

そこまで考えが至ると、僕はもう一度、スタートラインに立てると思うようになってきた。

糸とどうなりたいか。その答えは、実は最初から僕の中にあったようにさえ思えた。虚構から現実へ、ふたりで向かってもいい頃合いなのかもしれない。

そう思えたのは、十一月三十日の水曜日。

糸と夕食を共にする約束をした定食屋さんへ向かう、満員電車でのことだった。


「だいぶ前に食事券をもらったんだけど、すっかり忘れてて。この前ふと確認したら有効期限が今年の十一月いっぱいだったんだよー。アブだよアブ」

「糸が食事券の存在を忘れるなんて、にわかに信じがたいな」

「おいどういう意味じゃオラァ。パチキレぶっころブチのめし確定」

平和な水曜日の牛タンチェーン店にて、物騒な言葉を浴びせられる。しかしその表情は穏やかで柔らか。仕事終わりの疲労感は少しも見られなかった。

糸も僕もスタンダードな牛タン定食を注文。糸は最後までビールを頼もうか悩んでいたが、ギリギリのところで回避。今日はビールよりもご飯の気分だと、自分に言い聞かせる。

「両方いけば良いじゃん」

「糖質お化けが出る……」

ホラー映画を笑いながら観る糸が、糖質お化けに対しては心底震え上がっていた。

和やかに牛タンをもぐもぐする中、僕は密《ひそ》かに機をうかがう。

ふたりで次のステップへ。満員電車の中でそう思い立ってからまだ一時間も経ってないが、すぐに行動に移す必要が僕にはあった。そう、二十五歳の誕生日だ。

現在のミッションは、今週末の誕生日に糸《いと》を誘うこと。

二十五歳になる僕と共にきららジャンプしてほしいと懇願することだ。

勘のいい糸なら、この誘いひとつで僕の意図を理解するはずだから。

だから言え。僕が言うんだ。誕生日を一緒に過ごしてほしいと。

もう一度、僕と──。

「そういや冬《ふゆ》くん、今週誕生日だけど、予定入ってる？」

「ほぉっ!?」

虚を衝《つ》かれ、変な声が出た。牛タンが鼻から飛び出るかと思った。

「え、どうしたの？」

「い、いや……誕生日、覚えてるんだなと」

「いや覚えてるよそりゃ。一・二・三だから分かりやすいし。むしろ冬くんは覚えてないの、私の誕生日」

「三月九日」

「せいかーい♪」

元カレの誕生日。記憶力が良い人、そもそも性格が良い人なら覚えていてもおかしくない。

それでも、覚えられているとこんなにも嬉《うれ》しいものなんだな。

「それで、予定はあるの？」

「ない……糸を誘おうと思ってた」

「あらあら」

「だって二十五歳の誕生日だぞ？　祝ってほしいじゃん」

「それな。二十五歳って一気に大人になる感あるよね。いきなり老けるよね」

ああ本当に、一緒にいたいと思う相手が糸でよかった。

「それじゃ二十五歳になる瞬間を祝いますか？　前日の夜から待機して」

「よろしく。〇時になる瞬間、一緒にきらジャンプしような」

「え、なんで」

牛タンを食べながら、くだらない話をしながら、僕は心底感じた。

やっぱり僕は、糸と一緒にいたい。これからもずっと。

本当の大人にならなければいけない二十五歳の誕生日。共に過ごす相手は、そういう相手がいい。そういう相手だから、虚構を楽しめた。

でもそういう相手だから、名前のある現実の関係へと発展したい。

いよいよもって僕と糸は、虚構から現実に向かう。

そのカウントダウンが、始まった気がした。

＊＊＊

「……は？」

しかし、カウントダウンは突如として止められる。

さらさらと砂を落として誕生日を待つ砂時計ごと、不躾《ぶしつけ》に叩《たた》きつけられた気分だ。

砂とガラスが飛び散る無惨な床を見下ろすように、その朝僕は、スマホに視線を落とす。

つくづく思った。

親というのは最後の最後まで、子供に呪《のろ》いをかけ続ける生き物なのだと。

第十一話　高松

親父《おやじ》ってこういう時、レモンティー飲むんだな。

ぼうっと座る父親を眺めて、ふとそんなことを思った。

葬儀を経験するのはこれが初めてでなく、地元で一番大きなこの寺の本堂にも何度か入ったことはあるが、大人になって見回してみると新たに気づくことが多い。

天井絵がなかなか色鮮やかで見応えがある。そのままトレースしてイベント背景に使いたいなぁ。おっぱいが出てる女の人の絵もあるが、そこをじっくり見ていたら怒られそうだ。

寺だけどガンガン暖房が効いている。本日は二月並みの気温らしくガクブル葬儀を覚悟していたのだが、その心配はなさそうだ。そこまで旧態依然ではないか。

親父がレモンティーを飲んでいる。来る途中で買っていた、ペットボトルのレモンティー。

そのミルクティーのヤツを高校の時によく飲んだな。でも親父が飲んでるのは初めて見た。流石《さすが》に疲れて甘いものが欲しくなったのだろうか。それにしたって長年連れ添った妻の葬式でレモンティー飲むかね。もし有名人とかだったらプチ炎上するかもよ。「奥さんの葬式でレモンティーなんて品格を疑うわ！」っつって。いやいねぇかそんなヤツ。

「冬《ふゆ》、大丈夫か」

「あ？」

ふと、声をかけられた。

僕よりも七センチ背が高く、ツーブロックでキチッと切り揃《そろ》えられた黒髪。僕には無関心な目を向けることが多かった兄貴だが、この時は何やら感情の込もった目を向けてくる。

「なんかボーッとしてるから」

「いや別に」

「読経までまだ時間はあるから、ここで休んでろ」

そう言って兄貴は親族たちの方へ、気を遣いに行った。

喪主というのは大変なのだろう。父親の代わりに喪主を引き受けた兄貴は母親が死んでからずっと動き回っている。通夜も葬儀も告別式も、おおよそは兄貴が高いバイタリティで準備を進めたおかげで、僕も父親も軽い雑務をこなす程度で済んだ。

そんなだからこうして父親がレモンティーを飲んでいる様をじっくり観察できるわけである。

立派に育ってよかったですねお母さん。あなたの葬式で、兄貴は八面六臂《はちめんろっぴ》の活躍を見せていますよ。死んで本望でしょうよ。

母親が死んだ。くも膜下出血で急死だそう。

実感はない。いてもいなくても変わらないからだ。

十二月二日の金曜日。その朝方、家で急に倒れて、そのまま意識も戻らず逝《い》った。運転中に気を失うとか職場で吐血するとか、人様に迷惑のかかる死に方でなくてよかった。

四国は香川の高松《たかまつ》まで、先に着いたのは名古屋《なごや》在住の兄貴だ。連絡を受けてから新幹線に飛び乗り、病院まで駆けつけたという。

僕が連絡を受けたのは出勤前、まだベッドの中にいた時だ。起き抜け、動揺した親父《おやじ》の声で状況を告げられた。それはまぁ普通に驚いた。持病があったわけでもなかったし。

驚きが過ぎ去ると、面倒くさっと思った。思ってしまったのだから仕方がない。

生き返るにせよ死ぬにせよ、面倒なことだらけだ。

まず会社に連絡しなきゃいけない。流石《さすが》にこれで小言は言われないだろうが。

スーツなんて久々に着るな。ずっとクローゼットに入れてたし、たぶん匂《にお》うよな。ていうか黒いネクタイなんてあったっけ。向こうで買えばいっか。

新幹線で行くか飛行機で行くか。飛行機の方が早いだろうけど、高松は空港から市街地まで遠くて面倒なんだよな。でも最速ルートで行かないと流石に引かれるか。

ふと糸《いと》の顔が浮かんだ。同時に、改めて日付を確認した。

「……はっ」

笑うしかなかった。誕生日の前日である。

一日で通夜も葬儀も超高速で済むはずがない。

ならば僕の誕生日は、地元の高松にてジメジメした葬儀ムードが漂う中、迎えるわけだ。

母親の死に直面しながら僕は二十五歳に、真の大人になる。

「クソみたいな皮肉だな」

そう呟《つぶや》きながら、僕はスマホで高松への最速ルートを検索した。


葬儀と告別式の違いを答えられないダメな大人だったが、当事者になってみると分かった。いや当事者って言うと僕が死んだみたいだな。

一例だが、葬儀は遺族や親族のみ、告別式は友人や同僚も参列する会らしい。

読経オンステージの坊さんもきっとやりがいがあるだろう。時が経つごとにオーディエンスが増えるのだから。小さなライブハウスで始まった坊さんの読経は、今やのべ七十人超の人々が堪能《たんのう》している。

坊さんを守る四天王的なポジションにて、僕は父親と兄貴と並ぶ。そうして参列者たちのお辞儀を感知して頭を下げるロボットのような時間が続いた。

母親は教師だったこともあり、告別式には一クラス分ほど中学生も焼香をあげに来ていた。

中坊ごときがこの緊張感に耐えられるとは思えず、「お前、焼香食えよ笑」「よっしゃ見とけよ笑」みたいなノリが絶対にあると踏んで目を離さずに見ていたが、残念ながらひとりとしてふざける奴《やつ》はいなかった。つまんねえな、そんなんで日本の教育は大丈夫なのか。

なんなら泣いている女子生徒も数名いた。

ただ告別式とは不思議なもので、泣いているのは大人ばかりだ。

特別メソメソと泣いている女性がいた。同僚だか友人だか分からない母親と同年代くらいの彼女を見て、僕の心はむしろ冷ややかになっていく。

母親が死んで泣く人っているんだな。

『あんたにはもう期待してない』

『こっちの高い肉はお兄ちゃんが食べるんだから、あんたは手をつけるんじゃないよ』

『結局私立しか受からないの。最後まで金食い虫なのね』

『産まなきゃよかったわ』

勝手にプレイバックされる母親の言葉の数々。僕にとっての彼女と、今泣いている人たちにとっての彼女。どうしてこんなにもギャップがあるのだろう。

彼女たちにとって母親は、どんな人だったんだろう。


その後、運んだり焼いたりなんやかんやあって、全ての工程は終了した。

撤収作業も終わり本堂の廊下でぼうっと地元の夕空を眺めていると、兄貴がやってきた。

「お前まだタバコ吸ってるか?」

「いや、やめた」

「そうか。でも一本付き合えよ」

返事も聞かず、兄貴は革靴を履いてズカズカ歩いていく。

迷ったが、喪主を務めた兄貴を労《ねぎら》うくらいしてもいいだろう。僕は兄貴の後を追った。

「だいぶ年季が入ってるな……水入ってるか、これ」

「大丈夫だろ」

寺の敷地の端にポツンと置かれた、スタンド型の真っ赤な灰皿。それを挟んで僕らはタバコに火をつける。約一か月ぶりの喫煙だが、やはりシーシャの方が好みだ。

喪服を着た兄弟がふたり、夕焼け空の下でタバコの煙をくゆらせる。

話題の発端を作るのは兄貴ばかり。僕が兄貴に興味ないからだが。

兄貴は仕事のこと、金のこと、東京での住まいのこと、恋人のことなど次々に尋ねてくる。

それを僕は事実を交えながらテキトーに答えていく。

兄貴は二本目を半分くらい吸ったところで、こんなことを聞いてきた。

「母さんの最後の言葉、父さんに聞いたか?」

「……いや。最後の言葉って、ずっと意識不明だったんだろ」

「でもその中で呟《つぶや》いたんだよ。俺と……お前の名前を」

「誰が信じるんだよ」

「本当だ！　俺も父さんも聞いた！」

声を荒らげる兄貴。図星を突かれたら人は食い気味に否定すると、どこかで聞いたな。

僕がとびきり呆《あき》れるような目をしても、兄貴はいかにも好青年な熱い目を向けてくる。

「母さんがお前にしてきたことは……良いことじゃなかった。それは俺だって分かってるよ。でも今のは本当だ。最後に母さんはお前の名前も呼んだんだ。それだけは信じてくれ、頼む」

「……はっ」

肯定でも否定でもない声を発すると、そこで会話は途切れる。

よかったですねお母さん。あなたが僕の分も愛情を注ぎ込んだ長男は、こんなにもまっすぐで優秀な大人になりましたよ。

しばらく沈黙が立ち込めたのち、兄貴は短くなったタバコを灰皿に押し付ける。

「お前、明日にはもう帰るんだろ？」

今日中にとっとと東京に帰るつもり、と答えるよりも早く兄貴が話を進める。

「今夜は親父《おやじ》と三人でどこか食いにいくか。久々だし、ゆっくり話せるところがいいな」

「…………」

「親父ひとりになっちまうしな。まぁ近所に親戚《しんせき》の人らが住んでるから大丈夫だろうけどさ。急死だったからか結構やられちまってるし。お前もこれからはちょくちょく帰ってこいよ」

「あー……」

そう言われては断りづらい、と思うくらいには僕もまだギリ家族という自覚があった。

明日は月曜日。それもせっかくの忌引。

できるだけ長く東京で、平日休みを満喫しようと思っていたんだけどな。

＊＊＊

「あー、うんこだなぁ……」

羽田《はねだ》空港でひとり呟《つぶや》き、天を仰ぐ。

目の前にはのれんが片づけられた蕎麦《そば》屋。

その店は僕にとって、最後の希望だったのだ。

葬式と告別式を終えた日、情にほだされて地元に残ってしまったのが運の尽きだった。

翌日も後処理や親戚への挨拶《あいさつ》など雑務に付き合わされ続けて、気づけば東京行きの飛行機は最終便しか残っていなかった。

この陰鬱《いんうつ》とした感情を絶対に家には持ち帰りたくないので、羽田空港で一杯やってから帰宅したかった。幸い最終便でもラストオーダーに間に合う蕎麦屋が一軒だけあったので、ビールと天ぷらをいただきながら気持ちを整理するつもりだった。

だが、強風の影響でまさかの遅延。

三十分遅れで高松《たかまつ》から飛び立った結果、この有様だ。

何を恨めばいい。兄貴か父親か。あるいは風か地球か。もう滅んじまえこんな星。

時刻は二十二時。五反田《ごたんだ》駅に着くのはおよそ三十分後。

五反田駅周辺なら、その時間でもやっている店はいくらでもある。だがなんというか、この腹の底に溜《た》まったヘドロのような感情は、羽田《はねだ》空港に置いていきたかったのだ。

それでも、飲まないよりはいいだろう。そうして京急《けいきゅう》線に乗り込んだ時だ。

糸《いと》からチャットが来た。

『もう家ついてる？』

今日の昼ごろ、少し空いた時間に糸へ諸々《もろもろ》伝えていたのだ。

『今、羽田から出たところ』

『ずいぶん遅かったね、お疲れさんです』

『ごめんだけど、これからちょっとだけ飲めない？　明日でもいいけど』

『いいよ！　どこ行く？』

気を抜いたら、泣いてしまいそうだった。

選んだ店は、五反田駅近くにある回転寿司《ずし》チェーン。テーブル席に着くやいなや糸は次々に注文していく。ラストオーダー間際なので仕方がない。

「うひ～、日本に生まれてよかった～」

突然の誘いにも糸は、初手エンガワで中ジョッキをキメてご機嫌である。

その笑顔を見て、僕はやっと、人間に戻ったような感覚になった。

「香川かー、うどん食べてきた？」

「忙しかったけど、一杯だけ食えたよ」

「美味《おい》しかった？」

「そりゃ当然。その辺のチェーン店とは比べ物にならんよ」

「いいなー、香川のうどん食べてみてぇー」

糸は寿司を食いながら、うどんに思いを馳《は》せる。

そして話題は当然、葬儀などの話に。

「どうだった。母親の葬式は」

「親父《おやじ》がレモンティー飲んでたわ」

「会話成立してる？」

ひととおり葬儀や告別式前後の、僕の心の動きを伝えてみた。

すると糸は、大いに笑いながら聞いていた。引き笑いに次ぐ引き笑い。おおよそ葬式の話をしているとは思えない状況である。

「はーおかしい、バカじゃないのー？　お坊さんはバンドマンじゃねえし、中学生をみくびりすぎだし、レモンティーくらい飲ませたれや」

「いやなんか笑えたんだよなー。あの局面でレモンティーを飲む親父《おやじ》。葬式マジックのせいかもな。あの厳かな雰囲気が余計に笑いを掻《か》き立てるんだよ」

「まーね。笑っちゃいけない状況ほど笑えたりするよね」

うどんの話も、葬式の笑い話も区切りがついた。

閉店時間まではあと十分。まだビールはジョッキに残っている。

糸《いと》の声が、少しだけ真面目なトーンに切り替わる。

「どう？　大嫌いな親が死んだら、どんな気持ちになる？」

まるで予習かのように、糸は淡白な声色で尋ねてきた。が、直後に顔を青ざめさせる。

「はっ……ごせんえん……？」

親の話をしたら五千円。普通に過ごしていてまず親の話をすることがない僕らなので、そんなルールすらすっかり忘れていた。ただ、今日は無礼講だろう。

「しばらくは無効で良いよ。どうしたって話題に挙がるだろうし。てか僕だって話したいし」

「そっか、そうだよね。良かったー」

しかして先程の質問に戻る。大嫌いな親が死んで、どんな気持ちになるか。

「……せいせいした、とまでは流石《さすが》に思わなかったな」

「そうなんだ。そりゃまぁ、そっか」

「複雑だよ。どんな気持ちかってより、どんな気持ちでいるべきかってずっと考えてる」

「あー……」

「自然に湧《わ》き上がる感情は、うまく言葉にできない。分かりやすい怒りとか悲しみって感情もあるのはあるんだけど……もう何がなんだかな」

「そう。まだ気持ちの整理がついてないんだね、たぶん」

しかしふと、思い出した。

告別式の中で一度だけ、ハッキリとした感情が芽生えた。

「告別式でさ、誰かは分からないけど号泣してる人がいてさ。それだけ泣くってことは、少なからずあの母親から、気遣いやら思いやりを受け取ってきたってことじゃん？」

その言葉を発するには、小さくない痛みを伴った。

「その優しさをほんの少しでも、僕へは向けられなかったのかって、思っちまったなぁ」

「……そっか」

決まりが悪く、僕は不快感を腹の中へ押し込むように、ビールを一気飲みした。

ふと、隣のテーブルの客が、カバンからタバコの箱を落としていた。

それは、兄貴が吸っていたものと同じ銘柄だ。

「……兄貴が言ったんだ。母親の、死に際の言葉……」

「へえ、なんて？」

「兄貴と、僕の名前を呼んだって」

「…………」

「たぶんウソだろうな。そんなわけねえもん。兄貴は正しくて良い人間だから、少しでも僕の中の黒い感情を取り除くために、父親と口裏合わせてそういうことにしたんだ」

それでも、そう思っていながらも。

あのタバコの匂《にお》いが、鼻の奥でふとした時に蘇《よみがえ》る。

「でもさ、なんでだろうなぁ……ずっとその言葉が、頭の中で反復するんだ」

いつしか兄貴にしか目を向けなくなった母親。僕がどんなに話しかけても、気を引いても、表情はいつでも無関心。兄貴の邪魔をするな、あんたには期待してないと何度も言われた。

最悪の母親だった。いつだって恨んでいた、けれど……。

「前に進むためには、許した方が――」

「許さなくてもいいよ」

糸《いと》はふわりと軽い口調で、微笑《ほほえ》みながら言った。

「許さなくていい。進まなくていい。正しくなくても、今はそれでいい」

もう一度、今度は言い聞かせるように言った。

不意を衝《つ》かれ、僕はグッと息を呑《の》む。涙腺《るいせん》がぶるっと揺れる。

そこで店員がやってきた。閉店時間だという。

会計を済ませて店を出ると、キンとした冬の始まりの空気が僕らを包む。

「糸」

「ん、何？」

「よかったら、この後ウチで……」

「うんっ、飲み足りないよねー。大丈夫だよ、お泊りセット持ってきたし」

「はは、そっか……ありがとう」

飲み屋街の人の流れは、ゆるやかに駅の方へ向かっている。

それに逆らうように、星の見えない東京の夜空の下、僕らはふたり並んで歩いた。

第十二話　東京タワー

朝、コンロの油汚れをゴシゴシと落としていると、糸《いと》がのそのそと僕の後ろを通過する。

「おっはーん……」

「うん、おはよう」

糸はふわふわした口調で挨拶《あいさつ》を交わすと、トイレへ入っていった。

ジャバーっと流水音が聞こえ、扉の開く音が聞こえ、糸が大あくびする声が近づいてくる。

そして僕の背後にぴったりとついた。

「顔洗いたい？」

「ううん、別に」

「そか」

糸は僕の肩からコンロを覗《のぞ》き込む。「ほおほお」と謎《なぞ》に感心していた。

「ガンコな油汚れが、この通り！」

「どの通りだよ。まともに掃除してなかったから全然落ちねぇ」

「積み重ねだよねぇ、こういうのって。ところで……いつからやってるの、それ」

尋ねてくるその声色は、あまり穏やかではないように感じた。

「いつだっけ。三十分くらい前かな」

「シンクもピッカピカ。これも今朝やったでしょ」

「うん」

「トイレも綺麗《きれい》だったねぇ。朝から水回りの掃除とは精が出ますねぇ」

流石《さすが》に目ざとい。とはいえ僕も、別に隠す気はないけど。

「冬《ふゆ》さん、寝れなかった？」

「んー、正味三時間くらいは寝れたよ」

「そっかー……」

高松《たかまつ》から帰ってきたのは昨晩のこと。

しばらくは糸と宅飲みしていたが、仕事で疲れていたのだろう、糸は日付を跨《また》いだあたりで寝落ちしていた。

糸をベッドで寝かせ、僕も布団に入ったが、夢の中へはなかなか入れない。

それから寝ているような起きているような時間が続いた。

そんな不毛な時間に嫌気が差して、六時前には無理やり身体《からだ》を起こした。そうして糸の睡眠の邪魔をしないよう廊下に出て、水回りの掃除を始めたのだった。

ちなみに糸は、ずっと眠っていた。

その寝顔を眺め続けられるのなら、ずっと起きていてもいいかもしれないと、そう思っていた時間もあった。

「はい冬《ふゆ》くん、手洗って」

「え、なんで?」

「いいから」

糸《いと》は僕の作業を無理やり中断させる。油のこびりついた手を入念に洗わせ、優しくタオルで拭《ぬぐ》うと、糸は僕の手を引いてリビングへと連れていく。

そして、ベッドに突き飛ばされた。

「なんすか糸さん」

「おねんねしな」

「寝れないって」

「目瞑《つむ》ってるだけでも良いんだよ。それだけで睡眠に近い効果はあるんだから」

そう言って糸も潜り込んでくる。布団の中で、糸の温かい両手が僕の両手を包み込む。

「はー今日も寒いね。さー二度寝タイムだ」

「え、今日火曜日だよ。会社は?」

「今日は休むってラインした。良い子ちゃんで通ってますから、『体調不良なんでゲス』って書いたら信じてくれた」

「……転職三か月目にして初サボりか」

「へへへ、冬くんだけ忌引ホリデーを楽しむなんてズルいよ」

それからちょっとだけ、どうでもいい話をした。

一番嫌いな家事とか、納豆のタレを入れるタイミングとか。

糸はまたすぐに眠ってしまった。でもその手は僕の両手を包み込んだまま。僕をベッドから逃さないようにしているのだろう。

「………」

この手を振り解けば、糸は目を覚ましてしまうかもしれない。それはイヤだ。

糸の幸せそうな睡眠を邪魔するくらいなら、こうして糸の寝顔を眺め続けている方が、僕にとっても糸にとっても良い。ゆえに僕は、こうして大人しく横になっている。

ふと、思い出した。

そういえば僕は、糸と現実の関係に向かおうと決意したのだった。

あるいは誕生日の日、いい雰囲気になったら、告白してもいいと思っていた。

でもその機会は失われた。少なくとも告白なんて、しばらくできない。

なぜなら今この状況で告げれば、糸は絶対に断りにくい。精神的に不安定な僕にさらに追い討ちをかける行為になってしまうから。

そんな中で告白するのは、なんというか、ズルい。

そういうズルさも必要だとリリーさんあたりは言うだろうが、それではダメなのだ。

それまではどんなに不純でもいい。どんな露悪的なことにも付き合う。

でも最後だけは誠実でありたい。糸《いと》を同情で縛りたくない。

ただ……付き合うというのは、それだけで一種の『縛り』ではないだろうか。

彼氏彼女になるという契約。嫌いを受け止めて嫌いを受け止めさせる、正しい関係。

それが、糸と僕の正解なのだろうか。

糸とどうなりたいか。虚構でなく現実の中で、ずっと一緒に過ごしていたい。

でも糸にどうなってほしいかというと、自分らしく楽しく自由に生きていてほしい。

このふたつは、実は矛盾している。

その最大公約数は、僕と付き合うことなのだろうか。

僕は糸に迷惑をかけたくない。糸の人生の邪魔をしたくない。

もしかしたら僕と糸の関係における最高の形は、虚構のままなのでは――。

「……はは、すげえ沼ってるじゃん」

ふと我に返ると、自虐的な笑みが滲《にじ》んできた。

糸は自分らしく楽しく生きられないのが嫌いだ。でもだからこそ、一緒に努力していければいいと、心に決めたはずじゃないか。

なのに眠れないせいで、思考がみるみるうちにネガティブの渦に呑《の》まれていく。

そしてこうして思考の悪循環を自覚すると、よく分かる。

僕は本当に自信がない人間だ。

そして、そんな僕の性格を形成したのは……。

『産まなきゃよかったわ』

「っ……！」

刹那《せつな》、目が合った。

糸が目を覚ましたのだ。人が目を覚ます瞬間を初めて見た。思ったよりもビックリする。

「う～んよく寝た。いま何時～？」

「ええっと、九時半」

糸が二度寝に入ってから九十分が経っていた。

つまり僕は実に九十分もの間、思考の海に沈んでいたということ。そりゃあらぬ方向へ考えがねじ曲がってしまうわけだ。

「んじゃそろそろ起きますかー。冬《ふゆ》くんは眠れた？」

「うん、ちょっとは」

「そかー、よかったよかった」

そう言って糸はポンポンと頭を撫《な》でて、笑顔を見せる。

僕は思わず、糸を抱きしめていた。

「おおう、なーにー？」

「……なんでも」

じんわりと滲《にじ》む涙を見せないように、しばしの間、僕らはそうしていた。


それから僕らは、しばらく家で時間を共にした。

冷蔵庫の残り物で鍋《なべ》を作ってふたりでつついた。布団を干して、ベッドシーツやヨギボーのカバーを洗濯した。バカバカしいコメディ映画を見た。レースゲームもした。

窓の外は快晴。でも糸《いと》は一言も、外に行きたいとは言わなかった。

しかし夕方ごろ、僕らは駅前にある紅茶とスコーンが美味《おい》しい喫茶店にやってきた。

「ここってアレだよね。那須《なす》に逃亡する直前に来た」

「そうそう。なんかここのスコーンが食べたくなって」

「なら今日もどっかへ逃亡しますか？」

「もう無理だろ。明日は流石《さすが》に出社するんだろ」

「んだねー」

紅茶の香りがいっぱいに広がる店内にて、スコーンをかじりながらこの後の予定を決める。

「どこか行きたいところないの？」

「どこか……そうだなぁ、あんまりピンとこないなぁ」

「じゃあ映画館とか、美術館なんかもたまには良いじゃない？　身体《からだ》を動かしたいならボウリングとかボルダリングとか？　あとはちょっとお高い料理いっちゃうとか？」

糸は次から次へプランを挙げてくれる。少しでも僕から、高松《たかまつ》での記憶を遠ざけようとしてくれている。それでもどうしてか、僕の食指はどこにも動かない。

「いっそまた、変なラブホに凸《とつ》るでも！」

「そりゃ糸の行きたいところだろ」

「そ、そんなことねーやい！」

こうして糸と話しているだけで、母親のこととか、面倒な思考から脳を切り離せる。

それでも、そう言っても糸は納得しない。僕が遠慮していると思い込んでしまう気がする。だから無理やりにでも、どこか行きたいところを挙げないと。

「あ、そうだ」

「え、なになに、行きたいとこあった？」

ふと頭に浮かんだのは、昨日の帰りの飛行機から見た、東京の夜景。

その中で、特に僕の目を引いた場所があった。


「うおぉ……こんなデカかったっけ……？」

「近くで見ると、毎回驚くよな」

「下から見ると、夜空に真っ赤な蜘蛛《くも》の巣が張ってるみたいで……良いですねぇ」

僕らがやってきたのは、東京タワー。着いた頃には陽が落ちていた。

東京タワーは、僕が生で見て衝撃を受けた三大建造物のひとつである。残りは中山《なかやま》競馬場と、新三郷《しんみさと》のイケア。イケアはつい最近ランクインした。

東京に住んでいてよく目にするけれど、意外とその足下までは来ない東京タワー。

とはいえ、思い入れはある方だ。

「それで、なんで東京タワーなの？」

「地元から帰ってくると、見たくなるんだよなぁ」

「へー、東京のシンボル的な？」

「地方出身者はなぜか東京タワーに対して不思議な魅力を感じてしまうんだ。たぶんおっさんになっても、ずっとそうだと思う」

「スカイツリーじゃないんだ？」

「スカイツリーはちょっと上品すぎるんだよなぁ」

「何それ。じゃあ東京タワーは下品なの？」

「そういうわけじゃないけどさ」

「何にせよ、多摩《たま》市出身者には分からん感覚だ」

「はは、そうだよな」

けして口にはしないが、地元香川から帰ってくると見たくなる理由を、僕は理解している。

上京してすぐの頃、僕はひとりで東京タワーを訪れた。金がなくて中には入らなかったが、その時は下から見るので十分だった。

もう地元に帰ることはない。僕は一生、東京で生きていく。

その想いを、確固たる意志とするための作業だった。

「冬《ふゆ》くん！　入ってみようよ、展望台！」

「ああ、そうだな」

重くて堅苦しい感情は、糸《いと》の明るい声によってかき消される。

そうして僕らは東京タワーの内部へと入っていく。

チケットを購入し、展望台までのエレベーターの列へ。平日の昼前だが、意外と混んでいる。年配のツアー客などが多く見られた。

「展望台まで上れる階段とかあるのかな」

「あるんじゃない？　展望台で火事とかがあったりして、避難するのにエレベーターが止まってたらヤバいし」

「あー、確かに」

「あとなんか、しんちゃんが階段で上ってたじゃん」

「あーそれやめてー、思い出しただけで泣くからー」

こんな会話をしながら待っていれば、待ち時間などあってないようなもの。あっという間にエレベーターの直前までやってきた。

しかしその時だ。ツアー客らしいおばちゃん三人組がズカズカ列の先頭付近に入ってきた。

あまりに堂々とした横入りに僕も糸《いと》も呆然《ぼうぜん》である。

ただそれは、正確には横入りではないようだ。列の先頭付近にいたひとりのおじちゃんが、どうやらおばちゃんたちと知り合いらしい。要はおじちゃんが他の三人の分も確保していた、ということだ。

列からモヤッとした空気が醸し出される。だが突然現れたおばちゃんたちはまったく気にしていない様子で、賑《にぎ》やかにエレベーターへと乗り込んでいくのだった。

ふと横を見ると、糸はむーんという顔をしていた。

「冬《ふゆ》さん、今のどう思いますか?」

「うーん、ナシよりのアリってところかな」

「うむむ、私の心象とすればナシよりのナシだけど、世間的には冬さんの感覚なのかな……」

どうやら糸は、そこそこお怒りのようだ。

「なんだかなぁ……モヤるなぁ」

「仮にここが飲食店だったらナシだと思うわ。でも大きなエレベーターに乗る行列だからさ、まぁ許容範囲かなって感じ。実際係員さんもギリ黙認してたし」

「回転率の問題……確かになぁ」

糸は顎《あご》に手を当て、眉間《みけん》にはシワを寄せて、唇は尖《とが》らせて、ボソボソと呟《つぶや》く。

と、そこで僕たちの順番がきた。係員のお姉さんに促され、エレベーターに乗り込む。

振動もなくスーッと動き出したエレベーター。東京タワーの足下に広がる芝公園の緑は遠くなるにつれて、まるで闇《やみ》に飲まれるように黒に染まっていく。

そうしてエレベーターの扉が開くと、目の前に大パノラマが広がる。

同乗した大学生らしきカップルは「ワァ」とちい◯わみたいな声を漏らす。

対して隣にいる二十四歳女性編集ライターは、真剣な表情で一言。

「まぁシンプルに、図々しいおばさんが嫌いなんだよね私って」

「まだその話してたんかい」

東京の夜景を前にして言うことかね。しかも結論、身も蓋《ふた》もねえな。

地上二百五十メートルにて、僕は新たな糸の嫌いなことが分かった。

糸は、図々しいおばさんが嫌いだ。

「糸ってそういうタイプの人間が嫌いだよな。バカップルもそうだし。要は周りが見えてない自分本位な人たち？」

「そうだねぇ。他人に迷惑をかけて平気な人、自分がこの星の中心だと思っている人」

なぜ嫌いなのか。僕も糸も言わないが、答えは分かっている。

自分たちの親が、そういう人間だったから。僕たちの人生の中心に居座っていたからだ。

「ただ往々にして、自分勝手に行動した方が得しがちな社会なんだよな。さっきのおばちゃんたちが良い例じゃん」

「本当そうだよね。正直者が馬鹿《ばか》を見るって、真理だよねぇ」

展望台から見下ろしても、もう地上を歩く人は米粒にさえ見えない。

それでも東京は光で溢《あふ》れている。高層ビル群の窓は白い明かりを灯《とも》し、国道と首都高は車が連なって、赤い光の川のように流れている。

「みんな、自分勝手に生きてんのかなぁ」

「僕らみたいな人もいっぱいいるよ。この光の中には」

「てか前もこんな話したよね」

「したな。新宿《しんじゅく》のラブホで」

「こんな高いところに来ても、新宿のラブホと同じ話するんだもんなぁ」

糸《いと》は手すりに寄りかかり、情けなく笑いかける。

「冬《ふゆ》くんだって嫌いでしょ。自分本位な人」

「そうだな。例えば、負けず嫌いで自分が勝つまで付き合わせる人とかな」

「うっ……」

「あと人見知りな人もさ、相手に気を遣わせる感じが自分本位だよなー」

「ひどい！　それにこの間は私、頑張ったじゃん！」

糸は僕に肩をぶつけて必死に抗議。僕が声を出して笑っていると、余計に反感を買ってしまったらしい。こんなことを言い出した。

「そんなん言うなら私だって、冬くんの嫌いなところ言っちゃうよ？」

「お、気になる。なになに？」

この反応は予想外だったらしい。糸は言い出しっぺのくせに「えーっと……」と熟考する。

「傷つきやすいくせに、勝手に自己完結しがちなところかな」

「あーね」

とっさに言ったわりには否定できない意見だ。僕も自覚している。

さらに糸は、エビデンスまで添えてきた。

「一か月くらい前にさ、冬くんが仕事でやられちゃってひとりで飲んでた時あったじゃん」

マネージャーとの交渉にて、不意に言葉の刃《やいば》を浴びせられた日のことだ。

あの夜僕は、糸に連絡しないようにしていた。連絡して会ったらきっと、独りよがりな感情を解消するためにヤッてしまうから。

それでも糸は、僕の下までやってきた。

「あの時さ、私を傷つけたくないから連絡しなかったでしょ」

「えっ……!?」

「バレてるっつーの。手に取るように分かったよ」

それには僕も驚きを隠せない。まるで心を読まれたかのようだ。

僕が言葉を失っている隙《すき》に、糸《いと》は次々に不満の言葉を積み重ねる。

「だいたい最近の冬《ふゆ》くんさ、私のこと子供か何かだと思ってるよね。傷つけないよう扱って、休日業務とか睡眠時間に目を光らせてるし、同窓会でも私に代わって山田《やまだ》くんとバチるし」

「おぉ……」

「まぁどれもこれも、ありがたいし嬉《うれ》しいんだけどさ……」

糸は唇を尖《とが》らせ、頬《ほお》を紅《あか》く染めながら僕を見上げて睨《にら》む。

「そんなに私のこと心配？　またぶっ壊れるって思ってる？」

「いやそこまでは……でもそうだな。なんというか、これまで苦労した分、糸には自分らしく自由に楽しく生きていてほしいとは思っているよ」

心のままに告げると、糸はきょとんとしたのちに「そんなストレートに言われても……」といった照れくさそうな表情を見せた。

でもそれが事実だ。糸が転職してからの二か月、いやもっと前から僕はそう願っていた。

ただ今の糸の心は、少しだけ違うようだ。

「そう思ってもらえるのは嬉しいし、私もそう生きていきたいけど……でもそれがすべてではないんじゃないかな」

それは突き放すのではなく、頭を撫《な》でて諭《さと》すような、優しい声色だった。

「前の会社にいた時はずっと、好きなものに囲まれて生きたい、やりたくないことはしないで嫌いな人とは会わずに生きたいって、思ってたんだ。でもそんなん無理じゃん。冬くんも同窓会の時に言ってたけど、好きな仕事に就いたら就いたで大変なこともあるし」

「……そうだな」

「だから最近は好きなものに囲まれて生きるために、心や身体《からだ》をちょっとだけ犠牲にしてるんだって、思うようになったんだ。それが私にとって最も現実的な幸せじゃないかなって」

糸は「まぁ犠牲にしすぎて冬くんに怒られたけど……」と補足。その頭を強めにガシガシと掻《か》いてやると、糸は反省が見られない笑みを浮かべた。

「一番大事なのは、考えるのをやめないことだと思うんだ」

「どういうこと？」

「何のために心や身体、あと時間とかお金を犠牲にしてるのか、常に考える。転職する前は、てか生まれてからずっと私は、誰かに言われたことを脳死でやってたからさ」

「そっか……でも今は、嫌なことにも意味があるって考えられるから……」

「全然よゆー。意味ないと思ったら逃げるしね。それでもしんどいと思ったら、勝手に寄りかかりますから。冬くんに」

「あぁ……」

そういえば、通勤の合理性を考えてか、ウチに入り浸ることが多くなっていた。

気づいたら僕は糸《いと》に、寄りかかられていたのだ。

糸とどうなりたいか。虚構でなく現実の中で、ずっと一緒に過ごしていたい。

糸にどうなってほしいか。自分らしく楽しく自由に生きていてほしい。

でも糸は、あらゆることを犠牲にしてでも好きなものを手繰り寄せる生活を、幸せと言う。

もしも僕が糸の『好きなもの』だったら、迷惑をかけても、自由をちょっとだけ奪っても、
それでもいいというのだろうか。

だとしたら、僕は――。

「あっ！」

不意に糸が嬉《うれ》しそうな声をあげる。そうしてスマホ画面を僕に見せてきた。

それは、配送業者からの通知だ。

「冬《ふゆ》くんへの誕生日プレゼントが、今ウチの宅配ボックスに届きましたー」

「…………」

僕は自分のスマホを確認する。

日付は、十二月六日。

「三日も過ぎてますが」

「いやーやっぱ通販を信用し過ぎちゃダメだね。先週の金曜に届くはずだったんだけど」

不思議な感情である。糸のせいではないとはいえ、「たははー」と悪びれない顔をされると、

あまり良い気はしない。でも無性に嬉しいのも事実だ。

「てかこの画面でもう、中身も分かっちゃったし」

「あ、やべ」

糸の家の宅配ボックスに届いたのは、ナイキのジャージであった。

「冬くん、ジャージ買いたいって言ってたじゃん？　だからほら、これよ」

「あーね」

「言っとくけど新作のいいジャージなのよ。ありがたく使いなされ。部屋着とか寝巻きに使うのも良いけど、私としてはこれでジムに行って鍛え上がった冬くんも見たいなー」

その無邪気な笑顔を見て、僕はこの二か月を思い出していた。

リリーさんに触発されて僕は、糸の「嫌い」を目で追いかけていた。

でも、「嫌い」を意識するほどに――好きが溢《あふ》れた二か月だった。

僕は糸の、独特なワードセンスが好きだ。

本気で笑った時の引き笑いが好きだ。

ボケる直前のとぼけた真顔が好きだ。

ちょっと悪趣味な悪戯《いたずら》が好きだ。

映画で感情移入して泣いちゃうところが好きだ。

仕事に没頭する姿が好きだ。

寝起きのふにゃついた振る舞いが好きだ。

フェアリーテイルの時、しきりに手を繋《つな》いでくるところが好きだ。

負けず嫌いなところも人見知りなところも可愛《かわい》くて好きだ。

僕の心がやられたらすぐに気づいて駆けつけてくれたり、仕事をサボってでも今僕の隣にいてくれている、そんな自分本位ではない僕のための行動が、好きだ。

僕は流れるように、糸《いと》にキスをする。

すると糸も同じタイミングで、僕にキスをしようとしていた。

夜の東京タワー。目の前に広がる煌《きら》びやかな夜景。

それを無視して僕らは、自由で勝手なキスをした。

「っ……」

「ん……」

唇を離してから数秒、僕らは目を丸くして見つめ合った。

そして、思わず笑い合う。

「な、なに今の！」

「まったく同時だったな」

「いや本当！　呼吸が合い過ぎて、なんか合気道みたいなキスだった！」

「合気道みたいなキスは笑うわ」

当然周囲の人たちはキスには気づいていない。

だからこのおかしさも尊さも、すべては僕と糸《いと》だけのものだ。

「はー、おかしい。てかもう十一月終わってるし。キャンペーン期間過ぎてるんですけど」

「本当だよな。なに仕掛けてきてんだよ」

「そっちこそ」

わざとらしくあくどい表情を作って笑う糸には、けして言えない。

キャンペーンのことなんて、すっかり忘れていたなんて。

僕は今、糸とキスがしたかっただけなのだから。


他者よりも自分を優先することで得をする社会。

優先されなかった人を見て見ぬフリする社会。

相も変わらずこの世界は、目も向けられないほどに醜《みにく》い。

それでも僕は、煙たく息苦しいこの東京で生きていく。

どうしようもなく自信がないから、これからもきっと心はやられてしまうだろう。

でも、とりあえずしばらくは大丈夫。きっとうまくやっていける。

僕を守ってくれる安寧な何かは、隣で「ァーーーっ」と鳴いているから。

ゆっくりゆっくりと、まるで落ちて割れた砂時計の砂をひとつまみずつ拾い集めるように。

僕はもう一度、糸を好きになっていく。

了

陰陽混合ネオアオハルコメディ!
【陽キャ】と【陰キャ】。
世界には大きく分けてこの二種類
の人間がいる。
限られた青春を謳歌するために、
選ぶべき道はたったひとつしかない。
つまり――モテたければ陽であれ。
元陰キャの俺、上田橋汰は努力と
根性で高校デビューし、陽キャに囲
まれた学校生活を順調に送っていた。
あとはギャルの彼女でも出来れば
完璧――なのに、フラグが立つのは
陰キャ女子ばかりだった!? ギャル
になりたくて髪染めてきたって……
いや、ピンク髪はむしろ陰だから!
GA文庫大賞《金賞》受賞、陰陽
混合ネオ・アオハルコメディ!
新青春の正解が、ここにある。
徳の高いギャル
イキリオタク
恋愛脳ストーカー
GA

読めばきっと自由になれる。
©持崎湯葉／SB Creative Corp.　イラスト：にゅむ
ピュア脳筋
メスガキ男の娘
高校デビュー
陽キャになった俺の青春至上主義
You-kya ni natta Ore no Seishun Shijo Shugi
著：持崎湯葉／イラスト：にゅむ
（GA文庫／SBクリエイティブ刊）
陽キャになった俺の青春至上主義
持崎湯葉
illust にゅむ
You-kya ni natta Ore no Seishun Shijo Shugi
GA文庫

負けヒロインが多すぎる！

著／雨森《あまもり》たきび

イラスト／いみぎむる
定価 704 円（税込）

達観ぼっちの温水和彦は、クラスの人気女子・八奈見杏菜が男子に振られるのを目撃する。「私をお嫁さんにするって言ったのに、ひどくないかな？」

これをきっかけに、あれよあれよと負けヒロインたちが現れて——？

GAGAGA

ガガガ文庫

恋人以上のことを、彼女じゃない君と。2

持崎湯葉

発行　2023年4月23日　初版第1刷発行

発行人　鳥光 裕

編集人　星野博規

編集　大米 稔

発行所　株式会社小学館
〒101-8001 東京都千代田区一ツ橋2-3-1
[編集]03-3230-9343　[販売]03-5281-3556

カバー印刷　株式会社美松堂

印刷・製本　図書印刷株式会社

Printed in Japan　ISBN978-4-09-453120-6

第18回小学館ライトノベル大賞
応募要項!!!!!!!!!!!!!!!!!!!!!!!!!!

ゲスト審査員は宇佐義大氏!!!!!!!!!!!!

（プロデューサー、株式会社グッドスマイルカンパニー 取締役、株式会社トリガー 代表取締役副社長）

大賞：200万円＆デビュー確約
ガガガ賞：100万円＆デビュー確約
優秀賞：50万円＆デビュー確約
審査員特別賞：50万円＆デビュー確約

第一次審査通過者全員に、評価シート＆寸評をお送りします

内容 ビジュアルが付くことを意識した、エンターテインメント小説であること。ファンタジー、ミステリー、恋愛、ＳＦなどジャンルは不問。商業的に未発表作品であること。
（同人誌や営利目的でない個人のWEB上での作品掲載は可。その場合は同人誌名またはサイト名を明記のこと）

選考 ガガガ文庫編集部＋ゲスト審査員 宇佐義大

資格 プロ・アマ・年齢不問

原稿枚数 ワープロ原稿の規定書式【１枚に42字×34行、縦書き】で、70～150枚。

締め切り 2023年9月末日（当日消印有効）
※Web投稿は日付変更までにアップロード完了。

発表 2024年3月刊『ガ報』、及びガガガ文庫公式WEBサイト GAGAGA WIREにて

紙での応募 次の3点を番号順に重ね合わせ、右上をクリップ等（※紐は不可）で綴じて送ってください。※手書き原稿での応募は不可。

① 作品タイトル、原稿枚数、郵便番号、住所、氏名（本名、ペンネーム使用の場合はペンネームも併記）、年齢、略歴、電話番号の順に明記した紙
② 800字以内であらすじ
③ 応募作品（必ずページ順に番号をふること）

応募先 〒101-8001 東京都千代田区一ツ橋 2-3-1
小学館　第四コミック局 ライトノベル大賞係

Webでの応募 ガガガ文庫公式WEBサイト GAGAGA WIREの小学館ライトノベル大賞ページから専用の作品投稿フォームにアクセス、必要情報を入力の上、ご応募ください。
※データ形式は、テキスト（txt）、ワード（doc、docx）のみとなります。
※Webと郵送で同一作品の応募はしないようにしてください。
※同一回の応募において、改稿版を含め同じ作品は一度しか投稿できません。よく推敲の上、アップロードください。

注意 ○応募作品は返却致しません。○選考に関するお問い合わせには応じられません。○二重投稿作品はいっさい受け付けません。○受賞作品の出版権及び映像化、コミック化、ゲーム化などの二次使用権はすべて小学館に帰属します。別途、規定の印税をお支払いいたします。○応募された方の個人情報は、本大賞以外の目的に利用することはありません。○事故防止の観点から、追跡サービス等が可能な配送方法を利用されることをおすすめします。○作品を複数応募する場合は、一作品ごとに別々の封筒に入れてご応募ください。